CW01626668

Dalene Matthee

Petronella van Aarde, burgemeester

Tafelberg

Tafelberg-Uitgewers,
'n afdeling van NB-Uitgewers (Edms) Beperk,
Heerengracht 40, Kaapstad 8001

Omslagontwerp: Laura Oliver
Omslagfoto: Frikkie Neethling
Tipografie: Etienne van Duyker
Geset in 10.5 op 12.5 pt Palatino
Gedruk en gebind deur Paarl Print,
Oosterlandstraat, Paarl, Suid-Afrika
Eerste hardebanduitgawe 1983
Eerste sagtebanduitgawe, derde druk 2006

ISBN-10: 0-624-04439-4
ISBN-13: 978-0-624-04439-0

1

Dennis Raubenheimer kan nie besluit of hy die "groot" nuus onmiddellik ná sy pa en ma se aankoms moet vertel en of hy moet wag vir die regte oomblik in die twee en 'n halwe uur se ry Kasselspoort toe wat voorlê nie. Hy kyk op sy horlosie en beweeg na die ontvangslokaal. Toe die aankoms van die vliegtuig aangekondig word, weet hy egter dat hy die nuus so lank as moontlik gaan uitstel.

"Ma het maer geword!" merk hy op tussen die groetery.

"Dankie. Dis die Europese kos."

"En Pa lyk ook goed."

"Bietjie vlugtam, maar ek is hier, ou seun!" lag Zerk Raubenheimer dankbaar.

"Lekker om op eie bodem te wees, nè?" sê Dennis.

"Wonderlik!" juig Freda. "Nou weet ek ook waarom hulle altyd sê jy waardeer hierdie stukkie aarde as jy oorsee was."

'n Halfuur later is hulle op pad huis toe en Dennis gebruik die kantoornuus as 'n eerste skerm: hy het die Visser-saak gewen, die Botha-saak is uitgestel, Johannes Vlok het geskik met Bart Claassen. En Helen Joubert wag vir Pa om haar skeisaak te kom behartig.

"Wát!" gryp Freda die brokkie skoknuus. "Wil jy vir my sê sy het ten laaste agtergekom hoeveel jaar hy haar al kul?"

"Skynbaar."

"Snaaks dat sy vir mý wag," wonder Zerk Raubenheimer hardop. "Mens sou dink omdat jý pas 'n eie skeisaak deur is, sy jou sou verkies het."

"Switserland is die land vir my!" praat Freda vinnig die ding dood. "Ons het die drie mees fantastiese dae daar deurgebring . . ."

Ná 'n rukkie kom Dennis agter dat hy met kul-aandag luister en anderpad mymer. Het hy reg gedoen deur sy pa se aanbod van 'n vennootskap te aanvaar? Dis te gou om eerlik daaroor te besin. In die vier maande dat hy terug is op Kasselspoort en opgeneem is as vennoot in sy pa se prokureursaak, het sy lewe in die meeste opsigte rustiger geword; dis of hy in 'n proses van vrede maak met homself verkeer. Maar alles is selde gelyktydig reg: as jy geld het, het jy miskien nie gesondheid nie, of as jy gesondheid het, het jy weer nie geld nie; of jy het albei en jy het nie vrede nie. Dis of die lewe altyd iets agterhou.

Soos die regte vrou. Vyf jaar lank was hy vasgekeer in 'n huwelik wat nooit moes gewees het nie; daar is taamlik skade aan sy gees wat nog moet heel. Maar dit is ook nie verlore jare nie, want in die proses is hy gebrei tot groter eerlikheid, voller menswees. Hy is meer sensitief vir die mens ín die mens. Daarom is hy op hierdie oomblik bang vir die nuus wat wag vir die méns in sy pa en in sy ma. Hoe gaan hulle reageer?

"En met jou pa se karige kennis van Duits en my gebare oortuig ons uiteindelik die man dat ons nié in daardie kamer gaan slaap nie. En daar staan ons tienuur in die aand in die middel van München sonder akkommodasie!"

"En toe?"

Miskien aanvaar hulle die verwikkelinge baie beter as wat hy verwag. En tog vrees hy daardie iets in sy ma wat haar genadeloos vir 'n saak kan laat veg waarin sy glo, al is sy verkeerd. Hy vrees sy pa se vreesloosheid. Mens hoor dikwels 'n ouer moenie blind wees vir 'n kind se foute nie, maar die teenoorgestelde is ook waar: 'n kind sien dikwels uit 'n objektiewe oogpunt dinge in die ouer raak wat hulle in hulself nie sien nie. Dit doen nie weg met jou lojaliteit of jou liefde nie; die dinge wat jou hinder, is deel van die dinge wat die goeie geheel vorm. Soos nou: sy ma wat babbel oor die reis wat verby is en nog nie een keer verneem het hoe dit met haar pa gaan nie. Dit is 'n ding wat gereeld by hom 'n vraagteken laat, sy ma se verhouding met sy oupa. Joos Jakobs is een van die mooiste mense wat hy ken en 'n man wat vandag nog 'n invloed het op hom. Joos Jakobs, die trotse ou kleremaker wat nie wil erken dat hy teen die verandering van die tye verloor het nie.

"En wie is almal dood in die tyd wat ons weg was?" vra Zerk onverwags.

Dennis ruk sy volle aandag terug na die onmiddellike; dié vraag beteken die einde van die uitstel.

"Oom Louwtjie Saayman," skuil hy agter 'n laaste skerm.

"Sies tog. Maar hy was darem ook al diep in die tagtig," sê Freda.

"En oom Neels Meyer."

Die skielike stilte in die motor sê alles wat hy verwag het. In die truspieëltjie sien hy dat Freda Raubenheimer se oë ver vaskyk en 'n onbewuste glimlag om haar mond huiwer.

Elke dorp het sy Neels Meyer: 'n Neels Meyer wat oor die jare heen met sy leiereienskappe as 't ware 'n pad loop deur diakensbank, skoolkomitee, boerevereniging, munisipale raad, ouderlingsbank en uiteindelik die burgemeesterstoel. Kasselspoort se Neels Meyer het meer as twaalf jaar die amp as burgemeester beklee. Dit was al tradisie. Die afgelope vier jaar is Zerk Raubenheimer onderburgemeester en een van Neels Meyer se handjie vol vyande.

"Hy moes lankal uitgetree het," het Zerk dikwels in die verlede gesê. "Hy sit net vir die naam in die stoel en keer vir sy populariteit. Hy en die stadsklerk hoort albei in 'n museum. Kasselspoort het 'n bietjie dinamiet nodig in daardie stoel, dinamiet wat nie sal omgee waar dit tref nie, dán sal die plek vooruitgaan!"

Dennis weet dat sy pa lank gewag het vir Neels Meyer se einde as burgemeester.

"Hy is die week ná Pa-hulle weg is, dood."

"En jy laat weet my niks?"

"Ek had net die adres in Londen. Die nuus sou julle nie veel vroeër bereik het nie."

"Ook waar. Ek neem aan ons briljante stadsklerk, Abraham Moller, het teen hierdie tyd al 'n paar senuwee-aanvalle oorleef. As daar 'n vlieg oor sy lessenaar loop, moet hy mos 'n pilletjie drink."

"Wel," sê Freda soos een wat klaar tot 'n slotsom gekom

het, "sy tyd was om en ons kan daar niks aan doen nie. Ek wil nou nie oneerbiedig klink nie, maar 'n beter tyd kon dit nie gewees het nie. Ons, ek en jou pa, het in Europa op 'n idee gekom wat Kasselspoort uiteindelik in groot letters op die landkaart gaan kry!

"Jy weet, Dennis, ek dink nie een van die ander raadslede het al daaraan gedink dat Kasselspoort oor elf maande honderd jaar oud is nie.

"Ék het jou pa se aandag daarop gevestig. 'n Dorp se eeufees is 'n groot ding en jy vier nie fees met niks nie, jy moet iets hê om oor fees te vier. En jy moet 'n burgemeester hê wat opgewasse is vir so 'n geleentheid; moenie vergeet dat Kasselspoort 'n senior kabinetslid opgelewer het nie. Hy sal beslis boaan die lys van eregaste staan."

"Ma . . ." probeer Dennis keer.

"Dis wonderlik hoe dinge skielik duidelik word," gaan sy egter voort. "Kasselspoort sal iets hê om oor fees te vier, daar sal 'n burgemeester in die stoel wees wat behoorlik leiding kan neem en die skindertonge sal uiteindelik besef dat die Raubenheimers 'n mag verteenwoordig waarsonder hulle nie kan klaarkom nie!"

"Ma!"

"Dis nie dat ek Neels Meyer sy dood toegewens het nie," sê Zerk. "Maar ek kon ook nie sien hoe Kasselspoort onder sý regering kon vorentoe gaan nie. Jy weet, die ou geslag dink solank dinge nie te ver ágtertoe gaan nie, is alles reg. Abraham Moller sal ook moet lig loop, sy senuwees se dae is ook nou verby."

"Pa, ek vrees ek het nuus vir Pa: daar is reeds iemand in die stoel." Hy wens meteens dat hy baie ver van die hele saak verwyder was.

"Hoe sê jy nou?" vra Freda geskok. "Jy wil tog nie sê hulle het iemand in jou pa se plek verkies nie?"

"Pa was tien weke weg."

"Wié?"

"Tant Petronella, Pa."

"Ek glo dit nie. Dis onmoontlik."

"Sy het onbestrede ingekom en toe die meerderheid stemme

in die raad gekry vir die stoel. Johannes Vlok se voorstel dat hulle moes wag tot Pa terugkom, het nie 'n sekondant gekry nie," kom hy verby die moeilikste deel.

"Dis onmoontlik!" Dit klink of die werklikheid nou eers tot Zerk begin deurdring. "Petronella was nog nooit in haar lewe verder as 'n VLV-stoel nie. Sy weet van munisipale sake minder as daardie dooie haas daar in die pad. Ek kan dit nie glo nie!"

"Miskien moet Pa nie te haastig wees nie. Tant Petronella is 'n mens op haar eie en baie gelief, en sy sou nie ligtelik in die ding ingeloop het nie."

"Natuurlik sal jý vir haar kant kies," sny Freda se woorde deur die lug. "Petronella van Aarde het haar kans goed afgewag om haar te wreek op die Raubenheimers. Dis wat dit is!"

"Bly kalm, Freda," sê Zerk. "Petronella sal nie lank in daardie stoel sit nie."

Die son val 'n breë streep oor die lessenaar tussen Abraham Moller en Petronella van Aarde.

"Petronella," sê Abraham vol kommer, "het jy gehoor Zerk Raubenheimer is terug van oorsee af?"

"Ja. En nou't jy seker die ritteltit."

"Moenie sit maak of dit niks is nie, Petronella! My senuwees sal dit nooit hou nie."

"Kom nou, Abraham, jy prááat jou senuwees gedaan. Waar is die ampsketting wat ek jou gevra het?"

"Zerk Raubenheimer het sy naam tien jaar gelede op daardie stoel geskryf en hy gaan hom nie nou sommer uitvee nie."

"Los Zerk Raubenheimer en gaan haal die ketting."

Sy vrees is amper pateties. "Ek is maar net die stadsklerk wat tussen al die vure moet ín, en dan sê jy nog ek praat my senuwees gedaan!"

"Of is die ketting opgeroes?"

"Hoe kan hy opgeroes wees!" sê hy verontwaardig. "Dis egte oorgeblaasde negekaraat-goud. Het ons destyds 'n klomp geld gekos. Bid tog net dat hy nie vanmiddag al uitgerus genoeg sal wees om die vergadering by te woon nie!"

"Zerk Raubenheimer is altyd uitgerus vir 'n bietjie moeilikheid, Abraham. Aanvaar dit en jy't halfpad gewen. Haal uit die ketting."

"Petronella, ek sê jou weer, 'n burgemeester dra nie sy ampsketting by 'n gewone maandelikse vergadering nie. Hy dra dit buite as hy in sy amptelike hoedanigheid optree. By 'n gewone vergadering dra 'n burgemeester 'n mantel!"

"Jy sê dan die krieke het Kasselspoort se mantel opgevreet."

"Die slag toe die dorp so 'n plaag had, ja."

"Nou bring dan die ketting. Die vergadering begin oor minder as twintig minute."

Abraham Moller staan stadig op en stap na die klein brandkluis in die hoek van die vertrek. Petronella hou hom dop. In al die jare dat sy hom ken, vandat hy na Kasselspoort gekom het, het hy nie 'n dag ouer geword nie. Dis of hy met 'n "oudheid" gekom het wat altyd in hom was en altyd in hom sal wees; in sy lyf en in sy klere. Selfs in sy versigtige handskrif. Daar word vertel dat geen ouditeur nog ooit in sy boeke 'n fout van 'n enkele sent kon uitkrap nie.

"Dis ook maar beknop hier by jou, Abraham," merk sy op. "Seker een van die min dorpe wat nog moet klaarkom met 'n kantoor vir die stadsklerk en raadsaal in een, nè? Lyk my jy kry nie die ketting nie."

"Hier is hy, Petronella," sê hy en kom sit die swart kissie op die lessenaar neer. "Ek hoop jy het die reglement van orde goed bestudeer sodat jy die prosedure verstaan. Dis jou eerste werklike vergadering en jy moet weet wat jy doen!"

"Hoe sit 'n mens die ketting om jou nek?"

"Dis nie 'n halssnoer nie, Petronella! En ek sê jou weer, 'n mens sit nie die ding om vir 'n gewone vergadering nie."

Toe draai sy skuins in die stoel sodat hy moet sién wat sy sê:

"Luister, Abraham Moller, ek en jy het mekaar nog altyd baie mooi verstaan, kom ons verstaan mekaar nou in hierdie saak net so goed: ek is nie oorle' Neels Meyer nie, goeie mens wat hy was. Ek is ook nie Zerk Raubenheimer wat gedink het hy sit al toe sit hy mis nie. Ek is Petronella van Aarde, en as ek sê ek wil die ketting om my nek hê, wil ek hom om my nek hê."

"In die twintig jaar wat ek stadsklerk van hierdie dorp is, het ek nog nooit soveel onweer sien aankom soos nou nie. My senuwees kan nie meer nie. Ek sal dit nie kan hou nie."

"Ontspan, Abraham. Ek sal dit kan hou."

"Met Zerk Raubenheimer in die raad? Tussen my en jou, Petronella, toe jy die dag hier inkom en kom sê jy staan in oorlede meneer Meyer se plek, het dit vir my gevoel soos reën ná die droogte. Maar sedertdien het ek tot die gevolgtrekking gekom dat nie ek óf jy dit kan haal nie."

"Gmf! Die ketting is nogal swaar. Hoe lyk ek vir jou?"

Maar dis nie hy wat haar antwoord nie. Dis Hannie, die oujongmeisie-klerk, wat in die deur kom staan en sê:

"Maar tant Petronella lyk nou nes 'n burgemeester!"

"Dankie, Hannie."

"Meneer," sê Hannie vir Moller, "ek kom net sê dat daar nie 'n werkverslag by die vergadering sal wees nie; daar het 'n pyp in die onderdorp gebars en Hans Houtman is af soontoe."

"En jy kom sê my nou eers!"

"Die pyp het maar nou eers gebars," sê sy met 'n parmantigheid wat eie aan haar is.

"Julle weet nie hoe bitter ek dit onder haar het nie," sê Moller nadat sy uit is. "As ek nie keer nie, regeer sy hierdie hele kantoor!"

"Ek verstaan, Abraham. Meisies soos Hannie raak altyd bietjie voor op die wa as hulle eers onmisbaar word in 'n kantoor soos hierdie. Kry reg jou boeke, die ander sal seker nou begin aankom. En moenie so bedruk lyk nie, mens! Die ketting is om my nek en ons kan daar niks aan doen nie. Kyk hoe lekker skyn die son!"

Kasselspoort is 'n dorp op die rand van die Karoo waar daar oor die jare heen op die dorpie dieselfde tydsaamheid te bespeur was as in die groeigoed van die omliggende veld. Drie teerstrate, 'n klein hospitaaltjie vir eenvoudige gevalle, 'n skool met driehonderd leerlinge, twee kafees, vier winkels en twee garages. Polisiekantoor, landdroskantoor, een prokureurskantoor. Twee banke en een hotel. 'n Paar onder die duisend wit inwoners binne die munisipale gebied en 'n raps oor die eenduisend-seshonderd bruin mense.

'n Eeu het hier stadig verbygegaan. Min hoogtepunte. Die hoogste was die slag toe die gerugte 'n maand of langer die rondte gedoen het dat 'n "ryk" ysterertsneerslag op ou Tollie Bruwer se grond net buite die dorp ontdek is. Maar daar het niks van gekom nie. Daaglikse opwinding moet maar verhaal word uit kleindorpse gebeure soos dood en geboorte, huwelike en egskeidings en so aan.

Aan die oostekant van die hoofstraat staan die groot, mooi huis van Zerk Raubenheimer. 'n Sieraad vir enige dorp se hoofstraat.

"En as Ma só ingedagte sit?"

"Hallo, Dennis. Dan wens ek ek was 'n vlieg om te sien wat by die vergadering aangaan."

"Is hier koffie?"

"Hulle het jou pa verraai!" Die wrok waarmee sy dit sê, laat hom skrik.

"Kom nou, Ma. Dit kon baie erger gewees het. Hulle kon een van die ander raadslede in die stoel laat beland het – oom Krisjan of oom Koos," probeer hy skerts.

"Dis nie 'n grap nie. Jou pa moes burgemeester gewees het en hy is verraai!"

"Is daar koffie?"

"Moenie die ding probeer wegpraat nie! Jy is al vier maande terug op hierdie godverlate plek en jy weet nie wat hier aan die gang is nie. Ek weet ook nie wat jou pa besiel het om te vra dat jy terugkom nie; dis genoeg dat ek hier gebore is en begrawe ook."

"Ma trek Ma die burgemeester-besigheid te veel aan. Ek het nie besef dit is só belangrik vir Ma nie."

"Dis belangrik vir óns, vir my en jou pa. Ek sê jou nou, Petronella van Aarde mag geskiedenis gemaak het deur die eerste vrou in die raad van Kasselspoort te wees, maar sy gaan binnekort weer geskiedenis maak as sy die rekord hou vir die kortste ampstermyn! Petronella dink sy het die Raubenheimers uiteindelik terugbetaal vir die kamtige vernedering van haar dogter Talia wat 'n paar maande voor die troue deur Dennis Raubenheimer te lig gevind is. Maar sy vergeet dat sy nou vir Zerk Raubenheimer aangepak het!"

Ja, dink Petronella aan die bopunt van die raadstafel, as ek in hierdie stoel wil sit, sal ek van Salomo se wysheid baie moet hê, en van Job se geduld nog meer. Aan haar linkerkant sit Abraham Moller met die boeke en papiere en sy senuwees. Regs van haar sit Zerk Raubenheimer met dieselfde selfversekerde beslistheid wat menige getuie al in 'n getuiebank laat opfrommel het. Hóm kan ek nie alleen hanteer nie, weet sy; net hulp van Bo kan my met hom help. En langs Zerk sit sy troue ondersteuner: Johannes Vlok, winkelier. Oorkant Johannes en Zerk, langs Moller, sit die "opposisie": Krisjan Boonzaaier en Koos Nel. Albei afgetrede boere en ewe rustend in die raad. Vir húlle sal ek die geduld van Job moet vra, besluit Petronella.

"Ek wil net weet wat nou wat is," sê Krisjan uit sy stoel. "Sê 'n mens 'meneer die burgemeester' in 'n geval soos ons nou vir die eerste keer hier het of sê 'n mens 'mevrou die burgemeesteres'?"

"Maar ek sê jou dan van die begin af 'n mens sê 'mevrou die burgemeesteres'!" stry ou Koos buite orde.

"Deur die stoel," sê Zerk kortweg en minagtend. "Die regte aanspreekvorm is 'mevrou die burgemeester'."

"Sekondeer!" lig Vlok sy hand.

"Dis te langdradig," maak Krisjan beswaar.

"Ek sê vir julle dis 'mevrou die burgemeesteres'. In my dae, toe ek nog op die skoolraad van Anyspoort was, had ons 'n soortgelyke geval, en –" wil ou Koos die saak nog verder voer, maar Krisjan val hom vinnig in die rede.

"Los Anyspoort, man! Ek sê vir julle hulle sê vandag sommer vir almal 'meneer die burgemeester' en klaar!"

Dis nou genoeg, besluit Petronella en staan met die volle waardigheid van haar twee-en-sestig jaar uit die stoel uit op.

"Meneer die stadsklerk," beveel sy, "notuleer asseblief die volgende: twintig minute van vergadering se tyd gemors as gevolg van raadslede se onvermoë om te besluit of ek 'n meneer of 'n mevrou is."

"Ek sê nog dis 'mevrou die burgemeesteres'!" stry ou Koos 'n laaste stry.

"Een-en-twintig minute!" dreig Petronella en verkry die orde wat sy wil hê. Uit die hoek van haar oog sien sy Zerk met 'n snaakse glimlag teen die plafon vaskyk.

"Menere," sê sy, "voor ons by die ander dinge kom, wil ek net 'n paar woorde sê. In die eerste plek wil ek 'n opregte woord van verwelkoming uitspreek teenoor ons onderburgemeester, meneer Zerk Raubenheimer. U weet in 'n situasie soos hierdie sal ek iemand nodig hê om my aan die regte kant van die gereg te hou."

Net Krisjan en Koos lag.

"Soos u almal weet," vervolg Petronella, "weet ek van munisipale sake maar min. Al wat ek saamgebring het na hierdie stoel is my bereidwilligheid om te leer en hard te werk. Sonder elkeen van julle se hulp kan ek dit egter nie doen nie, en daarom vra ek vanmiddag dat ons persoonlike griewe begrawe en saamwerk tot vooruitgang van Kasselspoort . . . Meneer Krisjan Boonzaaier, ek sal dit waardeer as u 'n poging sal aanwend om wakker te bly . . . Ons kan nie 'n dorp regeer as ons onsself nie kan regeer nie. Laat ons vir reg en geregtigheid om hierdie tafel sit en die verskille na die duiwel stuur om te maak daarmee wat hy wil. U weet, daar is net twee soorte mense op hierdie aarde: die omkrappers en die aan-die-kant-makers. Solank die aan-die-kant-makers meer is as die omkrappers, gaan dinge vorentoe; die gevaar lê en wag vir die dag as die omkrappers te veel word. Daarom vra ek u: laat ons aan die kant maak en hierdie dorp tot die goedkeuring van God alleen regeer!"

Aan die westekant van die hoofstraat, tussen een van die banke en Johannes Vlok se winkel, staan die rietdakhuisie van ou Joos Jakobs. Op 'n plaat bokant die halfmaan-bolig van die voordeur staan die woorde KLEREMAKER – TAILOR. As jy inkom by die voordeur, is jy onmiddellik in die eerste vertrek, wat ook dien as die ou man se werkplek. Links van hierdie vertrek gaan 'n deur uit na sy slaapkamer en regs die deur na die kombuis en die klein slaapkamer aan die agterkant.

"Middag, Pa."

"Fredatjie! My kind, ek was al so onrustig oor julle. Dag, my liewe kind." Dis of die vreugde oor sy kind se veilige tuiskoms 'n blinkigheid in die ou man se oë word. "Pa was so bang hulle gooi julle met bomme daar anderkant. Ek sien by Krisjan op die televisie dit gaan woes daar."

"Dis nie so erg nie, Pa. Ons reis was deur beskaafde wêreld."

"Wag, ek haal die broek daar weg sodat jy kan sit. Ek gaan maak vir ons 'n bietjie koffie ook. Jy moet Pa alles vertel."

"Ek wil nie koffie hê nie, Pa. Sodra die foto's almal ontwikkel is, sal ons Pa nooi om een aand oor te kom."

"En hoe gaan dit met Zerk?"

"Goed. Onder die omstandighede."

"Het sy maagseer weer gelol?" hou hy hom dom.

"Nee, Pa. Omstandighede wat hom hier ingewag het."

"Maar Dennis het dan so mooi gekyk agter die besigheid. Johannes sê hy is alte knap in die hof, die mense dink baie van Dennis, Freda."

"Hoe gaan dit met Pa?"

"Goed, my kind. Vandat ek die knoffel gebruik, is my jig baie beter."

Sy staan op en die ou man hou haar oor sy bril dop. Hy weet wat dit is wat die frons tussen haar oë laat lê; van kleins af verraai daardie plooitjie tussen die wenkbroue die toestand van haar gemoed – veral as sy haar kop op 'n ding gesit het en daar kom iets in haar pad.

"Hoe oud is hierdie huisie van Pa?" vra sy onverwags.

"Seker amper honderd," sê hy. "Was dit dan nie die eerste huis hier op die dorp nie? Of was Frans se huis wat daar oorkant gestaan het en waar die kafee nou staan die oudste? My huis is mos eintlik van die oorspronklike plaas se huisies, as ek reg gehoor het."

"Zerk reken ook Pa se huis moet van die oudstes wees."

"Nes dit weer beter gaan, wil ek 'n bietjie laat uitbreek en die dak laat afgooi en sinkplaat opsit."

"Pa weet mos dit sal nie weer beter gaan nie. Die dae van die dorpskleremaker is verby. Pa het 'n versteller en 'n ritsinsitter geword!"

Die frons tussen haar oë is dieper, en die ou man sukkel met 'n onrus wat al in hom wil peuter. Daar is iets in die kind wat anders is . . .

"Ritssluiters moet ook ingesit word en die klere wat hulle in die winkels koop, moet eers drabaar gemaak word. Die dag sal nog kom dat hulle weer sal laat klere maak ook. Mens moet net nie gaan lê nie."

"Pa moet liewer dink aan aftree."

"Wat?"

"Zerk dink ook dit is tyd dat Pa aftree."

"Van wanneer af bekommer my skoonseun hom oor my? Kom nooit eers hier nie en laat maak sy klere in die Kaap."

"Zerk is 'n besige man, Pa. En die volgende elf maande sal hy nog besiger wees."

"Dan is dit goed. Sê sommer vir hom hy hoef hom nie oor my te bekommer nie. Ek gaan maak vir ons 'n bietjie koffie."

"Ek wil nie koffie hê nie. Ek is haastig, ek wil by die huis wees as Zerk van die vergadering af kom sodat ek kan hoor hoe dit by die sirkus gegaan het," sê sy met 'n lag wat die ou man nie ken nie.

"Fredatjie, jy moet vir Zerk sê hy moenie dwars wees nie; Petronella sal 'n goeie burgemeester wees. Daar is baie dinge verkeerd op hierdie dorp waarvoor Zerk nie tyd het nie. Laat Petronella nou kyk wat sy kan doen, sy het nie meer 'n man nie en haar kind is uit die huis uit. Jy sê dan juis Zerk gaan vir die volgende paar maande so besig wees."

"Dan is Pa ook een van die verraaiers!"

"Nee, my kind, ek is nie 'n verraaier nie. Ek wou maar net vir jou verduidelik sodat jy kan verstaan."

"Petronella van Aarde sal nie lank burgemeester wees nie, Pa. Zerk is bekend daarvoor dat hy gou met 'n getuie klaarspeel."

"Dis hoekom ek jou sê om te kyk dat hy nie dwars is nie."

"O nee. Ek en Zerk het planne vir Kasselspoort waarvan julle nie eers sal droom nie! Oor 'n paar maande is hierdie dorp koerantnuus en Zerk burgemeester. Onthou nou wat ek vandag vir Pa sê. Petronella is maar 'n klein struikelblokkie in die pad."

Daar ís iets in Freda wat nie was nie, dink die ou man weer. En wat se planne het hulle?

"Wat se planne het julle, Freda?" vra hy.

"Dis nog 'n geheim, Pa," sê sy. "Wag, ek moet loop. Die sirkus is seker amper uit."

Die hele tyd vandat die vergadering begin het, het Petronella die gevoel dat Zerk vir die regte oomblik wag om 'n ding te sê.

"Menere, en dit bring ons dan by die laaste item op die agenda: algemeen."

"Mevrou die burgemeester," spreek Zerk die stoel met net die regte tikkie spot aan, "almal in hierdie raad is skynbaar bewus van 'n baie belangrike gebeurtenis wat Kasselspoort voor die deur lê." Maar dan onderbreek die gelui van die telefoon op Moller se lessenaar hom en hy voeg ergerlik by: "Daar is in die verlede 'n voorstel gemaak en aangeneem dat die stadsklerk sy telefoon tydens raadsvergaderings moet ontkoppel!"

"Ag, verskoon tog." Moller staan op en sluip skuldig om die tafel tot by die lessenaar.

"Jammer, meneer Raubenheimer," sê Petronella. "Ek sal persoonlik toesien dat hy die ding volgende keer uittrek. Die beste sal wees as ons hom nou maar eers laat klaar praat."

"Hallo . . . Ja, dis die stadsklerk . . . Dis 'n pyp wat gebars het, meneer . . . Die water kan enige oomblik aankom, meneer . . . Ek is baie jammer, meneer . . . Ja, meneer . . . Reg, meneer . . . Tot siens, meneer."

"Wie was dit, meneer Moller?" vra Petronella toe hy weer sy plek kom inneem.

"Die hotel. Hulle sit sonder water en daar het mense gekom. Ek het gesê ons doen wat ons kan, maar die man is so ongeskik."

"Hans Houtman weet natuurlik weer nie watter kant die graaf se steel sit nie!" sê ou Koos vernaam. "In my dae had ek teen hierdie tyd 'n dosyn pype op my plaas gelap."

"Maar dan is jy mos net die man wat ons nodig het, Koos," sê Petronella. "Ek stel voor jy gaan help onmiddellik vir Hans."

"Sekondeer!" sê Krisjan en lag onderlangs. "Jy wil mos altyd jou lewensgeskiedenis byhaal by alles."

"Maar ek het nie gesê ek wil gaan help nie!" keer ou Koos verontwaardig.

"Ons waardeer jou bereidwilligheid, Koos," sê Petronella onversteur. "Ons kan nie sit en niks doen terwyl die hotel sonder water sit nie. 'n Goeie raadslid is nie bang om sy moue op te rol nie." Sy wag tot hy uit is voor sy sê: "En nou wil ons baie graag hoor wat ons voor die deur lê, meneer Raubenheimer."

"'n Eeufees, mevrou die burgemeester. Kasselspoort is oor elf maande honderd jaar oud."

Stilte.

"Dit is duidelik dat nie een van u daarvan bewus is nie," sê Zerk Raubenheimer opsetlik geskok. "En elf maande is 'n kort tydjie om 'n eeufees in te reël."

Petronella wonder wat agter hierdie ding skuil. Zerk Raubenheimer se belangstelling gaan selde om die halsbandjie . . .

"Ek bedank u, meneer Raubenheimer, dat u dit onder die aandag van die raad gebring het," sê sy.

"Ek stel voor daar word 'n eeufeeskomitee gestig met meneer Raubenheimer as voorsitter." Johannes Vlok spring op en sê dit soos 'n vooraf geleerde rympie op.

Dís afgespreek, dink Petronella, en sy weet Zerk wag vir 'n sekondant. Krisjan gaan nie sekondeer nie, want Krisjan sit nie aan dieselfde kant as Zerk nie. En Koos is weg. En waarom sou beheer oor die eeufees vir Zerk so belangrik wees? Verbeel sy haar dat hy ietwat onrustig wag vir 'n sekondant?

Die volgende oomblik steek sy haar hand op en sekondeer die voorstel.

Dis beter dat daar lig op jou vyand skyn, anders konkel hy net in die donker, troos sy haarself.

Daarna verdaag die vergadering. Johannes Vlok keer haar voor die deur by haar motor voor.

"En toe, Petronella, hoe sit die stoel?"

"Glad nie sleg nie, Johannes. En as jy nou nie te veel dubbeltjies onder my inkrap nie, behoort dit heeltemal goed te gaan."

"Ons sal maar sien," lag hy skelm.

"En ek sal dit natuurlik baie waardeer as jy dan net jou eie dubbeltjies onder my ingooi en nie Zerk Raubenheimer s'n ook nie."

"Petronella," waarsku hy, "hy sit nou in 'n stoel waar jy jou woorde sal moet tel, hoor?"

"Ek het so agtergekom, Johannes."

"Terloops, ek hoor Talia kom terug. Is dit waar?"

"Waarvan praat jy nou, Johannes?"

"Nee, ek hoor so deur 'n krakie in die skoolkomitee sy het aansoek gedoen vir 'n pos hier by die skool."

"Moet mense nou altyd 'n ding verskinder!" sê sy stom verbaas. "As daar 'n Van Aarde aansoek gedoen het, is dit beslis nie Talia nie. Gebruik jou gesonde verstand, man. Sal Talia 'n pos aan die spogskool van hierdie land verruil vir 'n possie met sestien matrieks hier bo teen die bult?"

"Dis wat ek ook gesê het, Petronella, maar toe sê een vir my dit ís Talia."

"Dis 'n storie."

En tog, toe Johannes wegstap, is dit al vir haar of daar êrens 'n rooi lig wil aanflits. Sê nou? Nee. Talia is nie verspot nie. Sit dit uit jou kop uit, maan sy haarself. Gaan liewer huis toe en gaan bekommer jou oor hierdie perd wat jy opgesaal het en loop dink hoe jy dit gaan regkry om op sy rug te bly!

Dis 'n ander Freda wat besig is om 'n koek te bak toe Dennis later by die huis kom.

"Ek is bly om te sien Ma glimlag weer."

"Gee gou vir my die sout aan, asseblief. Ek het rede om te lag. Het jy jou pa gesien?"

"Nee, hy is terug kantoor toe. 'n Paar sake wat agtergebly het as gevolg van die vergadering."

"Ek weet. Hy het netnou net 'n draai kom maak om my te vertel van die sirkus. Petronella van Aarde het nie 'n benul van wat aangaan nie. Sit soos 'n bobbejaan met die ketting om haar nek! Sy sekondeer glad 'n voorstel van Johannes Vlok ten gunste van jou pa oor 'n saak wat téén haar gaan tel. Wat meer is, sy het ou Koos Nel uitgestuur om Hans te gaan help met 'n waterpyp. Met ander woorde, ou Koos sal in die vervolg aan jou pa se kant wees, want hy is baie kwaad oor die ding, en Petronella sit met ou Krisjan as enigste ondersteuner! Hoe klink dit vir jou?"

"Ek sal nog nie tant Petronella té gou onderskat nie, Ma."

"Miskien nie op ander gebiede nie; dit wil voorkom asof sy meer as een plan in die mou voer," sê Freda geheimsinnig. "Ek verneem Talia kom terug," voeg sy by en hou hom fyn dop: sy moet presies weet wat sy reaksie hierop is.

Maar hy antwoord haar nie, hy staan net doodstil en kyk haar ongelowig aan.

"Dit lyk my die nuus verras jou nie eens nie."

"Waar kom Ma daaraan?" vra hy agterdogtig.

"Anna Vlok. Johannes het dit uit die skoolkomitee gehoor. Sy het aansoek gedoen vir die Wetenskappos. Ek sê jou weer, Petronella van Aarde voer meer as een ding in die mou."

Maar Freda kry nie kans om te peil hoe hy reageer nie, want hy draai om en loop by die agterdeur uit die skemer in.

2

Die volgende dag besluit Petronella dat sy voor sal begin. Heel voor. As sy burgemeesteres van Kasselspoort wil wees, moet sy van A tot Z weet. By die landdroskantoor gaan lees sy deur die ou registers, maar besluit kort voor eenuur dat dit nie heeltemal is wat sy soek nie en stap af na Abraham Moller toe.

"Wat wil jy nou met ou notuleboeke maak, Petronella? Dis amper etenstyd en die goed is ver weggepak."

"Die boeke is hier by my in die kluis," roep Hannie van voor af.

"Hoor jy nou, Petronella? 'n Mens kan niks in hierdie kantoor sê nie, dan hoor sy dit daar voor!"

"Ja, Abraham."

By die huis begin sy van voor af lees. Sy vergeet van eet en dat sy nog na ou Joos toe wou gegaan het, sy kom nie agter dat ure omgaan nie. Want dis soos 'n storie. Van maand tot maand en van jaar tot jaar. 'n Vervolgverhaal wat oor jare strek en in die ou notules opgeteken staan met pen en ink.

2 Augustus 1921: *Brief van heer Stefanus E. Swart werd op die tafel gelêh en gelees waarin hy die Raad se aandag bepaal by die feit dat die man wat die heining om Grootfontein gemaak het een van sy drade afgeknip en verwÿder het, en dat hy ook sewe bluegumbome wat op sy grond gestaan het, afgekap het en hy stel 'n eis van 14/- teen die Raad in.*

Rds. Oosthuizen, Kleynhans en Muller werd benoem om 'n ondersoek in te stel en rapport te doen bÿ Raad.

Die tweede episode van die bome vervolg op 5 September 1921:

Rd Kleynhans leverde sÿn rapport oor die klagte en eis ingediend deur mnr. S.E. Swart waaruit blÿk dat die persoon die Grootfontein toemaakte werklik die bome afgekap het. Mnr. Kleynhans werd eenparig aangestel om die heer Swart te nader en die kwessie met hom op die best mogenlike mannier te reël en rapport te doen.

4 Oktober 1921: *Raadsheer Kleynhans rapporteer dat mnr. Swart niks minder wil ontvang as sy vorige eis nie vir die pale of bome afgekap deur M. van Brakel. Algemeen besluit om hom 10/6 te offer.*

7 November 1921: *Die kwessie van die vergoeding aan die heer S.E. Swart van 10/6 vir die bome moet oorstaan aangesien Raadsheer Kleynhans nie vir mnr. Swart gesien het nie.*

5 Desember 1921: *Die kwessie met betrekking tot die eis van mnr. S.E. Swart werd finaal afgehandel. Die Stadsklerk werd gelast die bedrag van 10/6 uit te betaal.*

En dan kan Petronella nie help om hardop te lag nie, want dit is toe nooit die einde van die storie nie.

6 Februarie 1922: *Die uitbetaling van 13/- aan mnr S.E. Swart vir skade aan die bome veroorsaak deur ambtenare van die Raad werd goedgekeur.*

Met ander woorde, dink Petronella, ses maande ná die eerste eis van 14/- kry hy 13/-. Die mens het intussen verander en ook nie verander nie.

Halfvyf gaan maak sy vir haar 'n bietjie koffie en 'n toebroodjie en eet sommer so lees-lees.

7 Maart 1923. Nuwe handskrif. Nuwe stadsklerk.

Die Raad besluit dat stappe oombliklik geneem word teen Willem van der Merwe by die stoom meule omdat sijn W.C. geen emmer het nie en soodoende daar nie voorsiening gemaak is vir die sanitaire benodighede van Inwoners van sij huis en besoekers of Klienten naar meule. Dit geld ook van mnr. Sarel Cronje, Koos Venter en Andries Jakobs. Almal moet oorhandig word aan Politie. Besluit dat die Hotel vir 2 W.C.'s dubbel betaal van die begin van hierdie kwartaal en die Sanitaire ambtenaar moet dit vier maal per week skoon maak.

Dis 'n dorp se lag en trane, dink Petronella terwyl sy haar oë 'n bietjie laat rus. Dis my dorp se dagboeke en kultuurgoed. Grootfontein is vandag die rugbyveld en die ou stoommeule is afgebreek. Iemand het nagelaat om te keer.

Dan word sy tot die hede teruggeroep deur 'n klop aan die voordeur. Dis dan amper skemer, dink sy verbaas.

Toe sy die deur oopmaak, staan Dennis daar.

"Naand, tant Petronella."

"Naand, Dennis," groet sy met agterdog.

"Nooi my binne, tante."

"Kom binne."

Hy loop verby haar tot in die middel van die sitkamer en kyk dan tydsaam om hom rond soos iemand wat ver terugkyk na waar baie onthou lê.

"En wat bring jou, as ek mag vra, ná vyf jaar terug in my huis, Dennis Raubenheimer?" vra Petronella reguit.

"Meer as een rede, tante. Mag ek sit?"

"Ja."

Hy gaan sit in die armstoel by die leeslamp en Petronella teenoor hom. Haar gesig verraai nie die emosie wat diep in haar loskom nie.

"Hoe gaan dit met Talia, tante?"

"Dennis!" Dis 'n waarskuwing. "Ek en jy kan oor alles en nog 'n bietjie gesels, maar nié oor my dogter nie."

Hy sê niks. Ná 'n rukkie vra hy:

"Wat het tante laat besluit om in die raad te gaan dien?"

"Hoekom vra jy?"

"Omdat ek tante se kant van die storie wil hoor."

"Jou pa kon jou maar gesê het; ek het dit baie duidelik op die vergadering uiteengesit. Miskien kan ek vir jóú byvoeg dat ek moeg was van straatligte wat uit is en weke lank uit bly, van gate in die strate waarin jy jou bene of jou kar kan breek en wat omtrent 'n petisie kos om toegegooi te kry, van sypaadjies wat lyk soos hulle lyk . . . ek kan vir jou opnoem tot môre toe. Toe kyk ek maar of ek nie iets meer kan doen as kla nie."

"Ek kan nie help om te wonder hoe tante en Pa gaan klaarkom nie."

"Ek verwag 'n bietjie teenkanting van jou pa se kant af, dis te wagte. Maar ek dink tog ons gaan uiteindelik baie goed saamwerk."

"Gee tante om as ek my pyp opsteek?"

"Nee."

Hy was altyd 'n mooi kind, dink Petronella. Nou het volle volwassenheid hom 'n sterk, aantreklike man gemaak.

"Dit sal goed wees as tante en Pa kan saamwerk. Hy . . . Miskien moet tante aan die begin maar 'n bietjie geduldig wees."

"'n Kwaai hond, Dennis, is maar net 'n hond wie se kop nie genoeg gestreel is nie."

"Dis ook soms moeilik om na genoeg aan 'n kwaai hond te kom om sy kop te streel, tante," antwoord hy kalm.

"Dan gebruik ek maar geduld, soos jy sê."

Buite draai die wind en kom bol die gordyne binnetoe. Sy staan op en skuif die venster toe.

"Ek hoor Talia kom terug, tant Petronella," sê hy toe sy weer kom sit.

'n Oomblik oorweeg sy dit om hom nie eens te antwoord nie, maar dan wel die krieweling in haar op en sy erg haar.

"Dis 'n storie!"

"Ek het dit vir die waarheid gehoor."

"Ek het jou gesê ons praat nie oor my dogter nie."

"Ons kan dit nie vermy nie," sê hy stilweg uitdagend.

En Petronella weet ineens dat wat vyf jaar gelede gesê moes gewees het, nou gesê gaan word. Die enigste wapen wat sy destyds in haar kind se hande kon lê, was: sê niks. Gaan skree dit teen die kranse uit, maar sê niks!

"Het Talia my vergewe, tante?"

"Ons praat nie daaroor nie. Talia is gelukkig."

"Het tánte my vergewe?"

"Kom laat ek dit vir jou só stel: ek het destyds ook niks gesê nie. Wat ek wou gesê het, sit nog altyd in my keel."

"Sê dit dan, tante – nou," lok hy haar openlik uit.

"Daar is min dinge wat 'n ouer so seer laat kry soos 'n kind se seer, Dennis Raubenheimer. Ek onthou die seer van destyds asof dit nóú in my sit." En dan staan vyf jaar se ingehoue drif in haar op en sy gooi hom met haar woorde soos met klippe. "Wat die duiwel het jou besiel om haar soos 'n weggooiding te los toe die troulap klaar in die kas lê? Kon jy dit nie eerder gedoen het nie? Was dit nodig om te wag vir 'n vreemdeling wat oor 'n naweek hier aangekom het en met wie jy net so saam vort is? Was jy van jou kop af?"

"Nee."

"Nou vir wat kom vra jy of Talia jou vergewe het en of ek jou vergewe het? Dis nie ter sprake nie, Dennis Raubenheimer. Vergewe is 'n skelm ding. Jy dink jy maak jou vredes, maar dan kom sit al die onthou skielik oorkant jou in 'n stoel en dan weet jy dat jy vir jouself gelieg het oor die vergewe!"

Sy weet die klippe tref hom hou vir hou, sy sien sy seer en sy kan haarself nie keer nie. Waarom kon sy die ding van Talia en Dennis nooit klaar gerafel kry nie?

"Of Talia jou vergewe het, weet ek nie," sê sy kalmer ná 'n rukkie.

"Ek hoef seker nie te sê dat ek 'n fout gemaak het nie," sê Dennis. "My egskeiding is bewys daarvan. As ek aan my en Talia terugdink, kan ek net een verskoning vir myself vind: ons was te lank soos broer en suster. Van laerskooldae af."

"Ons praat nie verder oor my dogter nie. Dis verby, dis begrawe en dis klaar," sê Petronella met finaliteit.

Wanneer Joos Jakobs die môre sing, beteken dit hy het werk en vrede vir sy gemoed. Met die kopspelde in die mondhoek vasgeklem, kan hy sing soos sy hart wil sing: tydsaam. Nie jaag om die draaie om by 'n orrel by te hou nie. Die dae toe Hans Houtman nog sy assistent was en die werk genoeg het Hans altyd die tweede stem bygesit en dan het hulle gesíng.

"'k het Je . . . su . . . es lief,
H . . . y is my kra . . . g en . . ."

Waar's die dae toe hulle voor die katkisante se aanneming maklik tot middernag toe gewerk het om die pakke klere klaar te kry? Hoeveel diakens en ouderlinge het nie die manelpak hier in die maak kom sit nie? Troupakke, pakke wat gehou het vir baie kinders se doop.

Nou is dit nog net verstelwerk en ritssluiters insit. Hans moes gaan, daar was nie genoeg vir twee se hande om te doen nie.

"'k het Je . . . su . . . es lief . . ."

"Pa sing dat 'n mens Pa in die straat kan hoor!" raas Freda toe sy onverwags op die Maandagmôre by hom aankom.

"Môre, Freda. Ag, Pa dink sommer aan die ou dae."

"Môre, Pa."

"Maar jy is vroeg op straat op die Maandag," sê hy en wonder wat sy met 'n kamera kom maak. "Sal jy 'n bietjie koffie drink, Freda?"

"Nee dankie, Pa."

"Kyk nou net daardie pak klere wat ek vir Helgaard Muller moet drabaar kry; nie sleg aanmekaargesit nie, maar wat se klas materiaal is dit dié? Net so goed soos 'n stuk plastieksak, die naald protesteer dan glad teen die deurtrek! In my dae het ons nie met sulke materiaal gewerk nie."

"Ek het eintlik net 'n paar foto's van Pa se huis kom neem."

"Waarvoor is dit dan nou, Fredatjie?"

"Ek wil dit aan iemand stuur wat ons meer sal kan sê omtrent die boustyl en so aan, die kultuurhistoriese waarde van die ou plekkie."

"O." Hy verstaan nie so mooi nie. "My munisipale waardasie is darem nie te hoog nie. Ek hoor juis hulle gaan die hele dorp herwaardeer."

"Dis seker julle nuwe burgemeesteres se idee."

"Ek hoor sy het ou Koos gestuur om te help pyp lap."

"Waar hoor Pa al die dinge?"

"My kind, by 'n tailor en 'n haarkapper kom die nuus vanself aangeloop."

"Is dit geelhoutvloere hierdie, Pa?"

"Ja. En as jy jou oë opslaan, sal jy sien dis geelhoutplafonne en stinkhoutbalke."

"Dan beter ek begin met die foto's, dit klink fantasties!"

Drie weke later hou ou Koos en Krisjan "vergadering" by Johannes Vlok in die winkel.

"Nee kyk," maak ou Koos beswaar, "dit lyk vir my ons gaan ons lelik vasloop met Petronella in die stoel. Sy krap nou darem regtig waar dit nog nooit gejeuk het nie!"

"Moenie nou kla nie, oom Koos," gee Johannes se vrou, Anna, van die ander kant af antwoord. "Júlle het haar in die stoel ingestem. As julle vir Johannes gestem het, was dinge nou anders."

"My wêreld," sê Krisjan. "Ek het nie geweet Johannes had

ook sy kaartjie op die stoel nie. Ek dog Zerk het hom die onderburgemeester se stoel belowe."

"Anna praat sommer vroumenspraatjies," praat Johannes die ding weg. "Maar ek hoor Petronella dons julle lekker op."

"Wee' jy dat ek die hele week op my sere bene moes staan en kyk dat die werksmense die sypaadjies skoonmaak," kla ou Koos verontwaardig. "Ek sê vir Petronella ek is nie 'n werksvoorman nie, ek is 'n raadslid, maar sy hoor nie. Sê bietjie wat sy jou laat doen het, Krisjan."

"Gmf! Sy gaan haar vasloop met my, ek is nie 'n skrynwerker nie. My twee dae lank laat venstertoue vervang in die biblioteek asof hulle my 'n salaris betaal."

"Gelukkig los sy my uit," sê Johannes en vra: "Watse drinkwater-item is op môre se agenda?"

"Nee, ek weet nie," sê ou Koos. "Waar moet ek die tyd kry om agenda deur te lees?"

Die volgende middag, die Vrydag, kom Petronella by die vergadering aan met 'n emmertjie waarin sy iets baie versigtig dra.

"Is dit 'n bom, Petronella?" vra Krisjan.

"Ek hoop nie so nie, ons sal maar moet sien."

Die vergadering verloop sonder probleme tot by die item "Drinkwater" se beurt.

"Menere," sê Petronella, "daar is 'n kwessie wat dringend aandag nodig het. Wanneer laas het een van hulle 'n glas water getap en dit 'n nag laat staan?"

Niemand antwoord nie.

"Ek sien in die notule van 10 Maart 1971 dat daar wel 'n voorstel aanvaar is om die drinkwater te laat toets, maar dat daar toe niks verder omtrent die saak gedoen is nie." En toe sy nog steeds geen reaksie kry nie, haal sy 'n glas water uit die emmertjie en sit dit versigtig voor hulle neer. "Daardie water het ek gisteraand getap en die afsaksel wat julle sien, was nie vuilis wat in die glas was nie. Dit was in die water."

Ou Koos leun vorentoe en beskou die water met toenemende agterdog.

"Wil jy nou te kenne gee dat ons dít elke dag drink?"

"Ja, Koos."

"Mevrou die burgemeester," sê Johannes, geensins beïndruk nie, "Kasselspoort drink al jare uit daardie boorgat uit en niemand is nog daarvan dood nie."

"Miskien nie skielik nie, meneer Vlok, maar geleidelik."

"Jy moet alles praat!" skrik ou Koos. "Vandat ek die niersteen had, moet ek gellings en gellings water drink. Dis doktersorders!"

"Ek moet erken die water lyk nie juis reg nie," begin Krisjan twyfel.

"Menere, dan vra ek 'n voorstel dat ons die drinkwater laat toets," sê Petronella.

"Ek wil u net daaraan herinner," sê Zerk, "dat as jy 'n behoorlike laboratoriumtoets wil laat uitvoer, jy die watermonsters binne 'n bepaalde aantal ure – ek dink amper dit is ses uur – in Pretoria moet hê. Ons is twee dae per motor van Pretoria af."

"Daar is Maandag 'n geleentheid vir die water, meneer Raubenheimer," sê Petronella en wens Abraham wil ophou vroetel met sy pen. Daar sal iets gedoen moet word vir die stomme man se senuwees. "Dokter Snyman gaan met sy vliegtuig Pretoria toe vir sake en hy het belowe om die water saam te neem."

Moller staan op, klaarblyklik onrustig. "Mevrou die burgemeester, so 'n toets kos 'n klomp geld. As ek my reg herinner, het hulle ons destyds by die R200 gevra. Dis hoekom dit toe maar moes oorstaan."

"Ina Frik se suster se man werk by die plek waar hulle dit toets, hy sal dit vir ons so te sê verniet doen," verseker Petronella hom. "Ek het alles uitgevind."

"Sekondeer!" sê Koos met mening.

"Hoe kan jy sekondeer as daar nog nie eers 'n voorstel is nie, man!" erg Krisjan hom.

"Nou dan maak ek die voorstel dat ons die drinkwater dringend laat toets!" sê ou Koos benoud. "Ek moet gellings en gellings . . ."

"Ja, toe maar, jy het dit klaar gesê!" keer Krisjan.

"Dankie, meneer Nel," sê Petronella en vra 'n sekondant.

Maar die volgende oomblik weet sy sy gaan sukkel om een

te kry: Krisjan is kwaad oor die venstertoue, Zerk en Johannes sal uit beginsel teëhou . . .

Dan sekondeer Zerk.

Wys jou hoe verkeerd 'n mens kan oordeel, dink Petronella skaam.

'n Halfuur later, toe sy by die huis kom, staan Talia se motor voor die deur. Sy skrik haar yskoud.

"Ontspan, Ma," lag Talia oor haar reaksie. "Die skool het my nie afgedank nie, net vroeër afgegee."

"Kom jy sommer net vir die naweek huis toe?" vra Petronella, nog steeds onrustig.

"Dit lyk my nie Ma is bly om my te sien nie."

"Jy weet mos ek is bly, en jy is seker asvaal van die honger ook."

"Nie van die honger nie, net van lus vir Ma se kos," sê Talia en vra: "Hoe gaan dit met Kasselspoort se burgemeester? Oorleef sy dit nog?"

"Moenie spot nie, kind! Dis 'n groter ding as wat ek gedink het. Maar aan die ander kant is ek nou darem ook nie van plan om weg te hardloop nie." Maar sy kry nog nie die onrus in haar gekeer nie. "Daar is nie dalk iewers fout nie, Talia? Ma vra sommer, jy bel gewoonlik voor jy kom."

"Nie 'n fout waarvan ek weet nie, Ma. Is dit bolletjies onder daardie doek?"

"Ja. Sny solank vir ons, ek maak die koffie."

Zerk kom net ná ses by die huis en sluit hom by Freda en Dennis in die sitkamer aan.

"Jy is laat," sê Freda.

"Die vergadering was langer as gewoonlik en ek moes nog 'n paar dinge met Johannes Vlok bespreek."

"Iets te drinke vir Pa?"

"Dankie. Die gewone."

"Hoe was die vergadering?" vra Freda.

"Petronella krap aan byneste, en as 'n mens dít doen, moet jy verwag om bestorm te word. Maar aangesien sy blykbaar lief is vir byneste, het ek haar vanmiddag so 'n stootjie gegee in die rigting van 'n lekker grote!"

"Dit klink interessant. Vertel my!"

"Wag, laat die bye maar eers uitswerm, dan gesels ons weer . . . Dankie, Dennis."

"Ek hoor ou Koos en Krisjan moet glo die hondebelasting invorder," vertel Freda. "Petronella het hulle aangesê om dit te doen omdat Hans Houtman konsuis te veel het om te doen. Die twee is glo bitter ontevrede."

"Ek sou dieselfde gedoen het as ek tant Petronella was," sê Dennis. "Oom Koos en oom Krisjan het niks te doen nie en heeldag om dit in te doen. Sit die meeste van die tyd op die kafee se stoep en hoop vir geselskap."

"Dit sal niks aan die feit verander dat Petronella van protokol en regulasies gevaarlik min weet nie," sê Zerk en verander die onderwerp. "Hoe het dit by die tennis gegaan?"

"Nie te sleg nie, Pa. Maar 'n gholfspeler word swaar 'n tennisspeler. Ek sou darem graag wou weet hoe julle dit reggekry het om 'n gholfbaan tot niet te laat gaan."

"Hoe klink dit vir my iemand is in 'n slegte bui," lag Freda en gooi nog ys by haar drankie.

"Ons had die grond nodig vir 'n subekonomiese behuisingskema," verduidelik Zerk.

"Maar dis mos nie die eerste keer dat 'n dorp van sy gholfgrond moet gebruik vir uitbreiding nie, Pa. Gewoonlik word alternatiewe grond onmiddellik beskikbaar gestel en 'n nuwe baan uitgelê."

Dis duidelik dat Zerk nie hou van die saak wat aangeroer is nie. "Kom nou!" sê hy verdedigend. "Die gholfvaders het maar net so gesit en slaap."

"Ek weet darem nie, Pa. Dit lyk vir my hierdie ou dorpie van ons het meer skade as gevolg van vyandskappe as enigiets anders."

"Sodra hy die régte leier het," sê Freda, "sal dinge verbeter. Nie voor daardie dag nie." Sy wag 'n rukkie voordat sy slu byvoeg: "Terloops, Zerk, dis darem jammer dat jy nie meer in die skoolkomitee is nie. Die aanstelling vir die pos waarvoor Petronella vir Talia laat aansoek doen het, moet vanaand gemaak word. Daar bestaan glo nie twyfel dat sy die aanstelling gaan kry nie." En sy hou Dennis weer eens fyn dop . . .

"As Talia wel aansoek gedoen het, weet tant Petronella daar niks van af nie," sê Dennis en sit sy glas harder as gewoonlik neer.

"Hoe weet jý?" vra Freda.

"Ek het tant Petronella gevra."

"Ag so? En van wanneer af praat jy weer met Petronella van Aarde?"

"Sover ek weet, was daar nog nooit 'n verbod tussen die twee huise nie, Ma."

"Ek hoop nie jy is van plan om weer . . ." Maar dis of sy haar skielik inhou om nie te sê wat sy wou sê nie.

"Ek het geen planne nie, Ma," antwoord hy nogtans.

"Gaaf!" lag Zerk die bietjie verskil weg. "Gooi vir ons nog 'n drankie in."

"Sal Ma asseblief kalm bly oor wat ek Ma nou gaan sê?" vra Talia kort voor sewe-uur.

"Hoe bedoel jy nou?"

"Ek moet halfagt by die skoolraadskantoor wees vir 'n onderhoud. Ek het aansoek gedoen vir die Wetenskappos."

Dan is dit waar, dink Petronella met skrik; dan het sy hom nie vergeet nie; dan wil sy nog 'n keer kom seerkry.

"Hoor Ma wat ek sê? Ek het aansoek gedoen vir 'n pos op Kasselspoort."

Dan loop sy openlik terug agter hom aan.

"Ma! Hoekom kyk Ma my so snaaks aan?"

"Dan's dit waar, die stories dat jy aansoek gedoen het vir die pos."

"Ja. Ek het gehoop dit sou Ma verras. Ek het gehoop Ma sou bly wees."

"Dit verras my, Talia. Baie."

"Ma klink nie verras nie, Ma klink eerder sinies."

"Is dit omdat Dennis Raubenheimer terug is op Kasselspoort?" vra Petronella reguit.

"Ma klink werklik ernstig!" lag Talia spontaan en natuurlik.

"Neem jy my kwalik?"

"Seker nie. Maar kom ek stel Ma gerus: vyf jaar is lank

gelede. Die eerste jaar het ek net eers oor die skok gekom, twee jaar om hom te vergewe en nog 'n jaar om hom te vergeet. Dit maak lankal nie meer saak of hy hier woon of op die maan nie, Ma. Dennis was 'n goeie, duur les. Dis al."

Dit klink of die kind dit bedoel, dink Petronella ietwat verwar en vra: "Maar waarvoor wil jy dan met jóú kwalifikasies kom onderwys gee aan 'n kwynende skool?"

"Waarom moet die grootste en beste skole alleenreg hê op die beste kwalifikasies?"

"Maar jy's agt-en-twintig jaar oud, kind! Waar gaan jy op hierdie plek 'n man kry?"

"Ma," keer Talia en daar is skielik erns in haar stem. "Ek het aansoek gedoen vir die pos omdat ek moeg is van volgepropte klaskamers met onbereikbare gesigte wat elke oggend uit die uithoeke van die stad kom. Ek wil vir minder kinders meer probeer doen, en ek kon aan geen beter plek dink as Kasselspoort nie." Dan kom die terglus terug in haar mooi oë. "Buitendien, ek wil vir niks die pret misloop om Ma te sien burgemeesteres wees nie!"

"Dit lyk my jy dink regtig dis 'n grap."

Dit reën die Maandagmôre 'n week later toe Abraham Moller vir Petronella versoek om dringend na sy kantoor te kom.

"Liewe aarde, Abraham!" sê sy toe sy uitasem gaan sit. "Ek dog hier het ten minste 'n brand uitgebreek volgens jy oor die telefoon geklink het, en hier staan alles nog ongeskonde."

"My senuwees kan dit nie hou nie. Ek sê julle." Dit klink soos 'n noodroep. "Die spreekwoord sê jy moet slapende honde met rus laat!"

Dan kom Hannie binne en sit 'n paar boeke voor hom op die lessenaar neer.

"Môre, tant Petronella."

"Môre, Hannie."

"En ek hoor Talia is terug?"

"Ja, Hannie. Volgende kwartaal, as hulle iemand kan kry om anderkant in haar plek af te los. Dan hoef hulle nie iemand te soek om vir een kwartaal hier te kom aflos nie."

"Ek sal dit waardeer as julle wil ophou klets!" dreig Moller.

Maar Hannie hoor hom skynbaar nie. "Foei tog, ta' Petronella, dan het sy hom tog maar nie vergeet nie, nè?"

"Reken, Hannie, ek het ook eers so gedink en toe vind ek uit ek slaan die bal heeltemal mis. Talia is wonderbaarlik daaroor en ek kan nie wag dat sy moet huis toe kom nie," sê Petronella.

"Sal julle end kry!" dreig Moller weer.

"Ja, meneer, ek loop. Drink maar een van meneer se pilletjies," sê Hannie parmantig en loop uit.

Petronella sien Moller maak sy bril vir die derde keer skoon vandat sy kom sit het.

"Wat is dit, Abraham?"

"Weet jy wat jy aangevang het, Petronella?" vra hy dringend.

"Nee. Maar kyk hoe laat skrik jy my nou. Wat het ek aangevang?"

Moller haal 'n telegram onder 'n lêer uit en gee dit aan haar.

"Watermonsters getoets . . . ongeskik vir menslike gebruik."

Dit duur 'n hele rukkie voordat die volle implikasie van wat sy lees haar tref.

"Abraham," sê sy verslae. "En nou?"

"Nee, Petronella, moenie nóú vir my vra wat nou nie. My senuwees kan dit nie hou nie."

3

"Ongeskik vir menslike gebruik."

Die woorde staan soos 'n vonnis uitgespel en Petronella moet sukkel om haar selfbeheersing te behou.

"En nou, Abraham?" vra sy weer.

"Jy sal 'n spesiale vergadering byeen moet roep. 'n Noodvergadering," sê hy beangs.

"Nou maar laat ons dit dan doen; bel die ander raadslede en sê vir hulle ons hou stiptelik om twee-uur vergadering. En jy moet maar liewer nie sê waaroor dit gaan nie, want dan kry ou Koos 'n oorval."

Joos Jakobs is net besig om die gare deur die naald te ryg toe Hans Houtman sy hoed in die deur afhaal.

"Middag, Joos," groet hy op sy stadige manier.

"Hans! Kom binne, wat staan jy so op die drumpel?"

"Ek kan nie juis inkom nie, Joos. Ek moet my oog hou op die kêrels wat die gruis daar oorkant op die sypaadjie inwerk. Ek gesels sommer 'n bietjie hier in die deur, vir ingeval missies Van Aarde kom optjêk."

"Dis dan nou eers halftwee, hoe laat val julle dan nou smiddae in?"

"Ons het gevra om van halfeen tot halftwee uit te val. Dis beter so."

"Hoe gaan dit by die huis, Hans?"

"Goed, Joos. Die groente kom ook mooi aan, ek sê juis vir Ma ons moet nog 'n bietjie mielies inboet. Laas jaar goed gemaak uit die mielies. En hoe gaan dit hier by jou, Joos?"

"Nie klagtes nie, Hans."

'n Vragmotor rumoer in die straat verby en Joos moet wag voor Hans hom weer kan hoor.

"En die dag sal kom dat ek en jy weer saam hier sal sit. Dat ek sny en ryg en ons die stikwerk deel soos altyd."

"Dis verbydinge, Joos."

"'n Man moet nooit die geloof verloof nie, Hans," maan ou Joos.

"'n Man moet ook nie stroomop glo nie, Joos," sê Hans en gaan sit op die stoel net binnekant die deur.

"Dinge sal weer beter gaan," hou Joos vol. "Dit hinder my dat jy wat 'n tailor is, soos ek, vandag 'n lorriedrywer en 'n voorman moet wees."

"Dinge is darem beter vandat missies Van Aarde onse burgemeester is. Ek sê net gisteraand vir Ma, missies Van Aarde kyk na dinge waarna daar nooit gekyk was nie, en al is sy streng, is sy nooit . . ." Maar hy kry nie gesê wat hy wou sê nie, want hy moet opspring omdat Freda die stoeptrappies opkom.

"En nou, Hans," sê sy kortaf, "het jy nie werk nie of het die munisipaliteit jou ook afgedank?"

"Nee, Freda," sê hy verleë en staan tot op die drumpel. "Ek het net gou kom dagsê solank die klomp met die gruis besig is. Dan sê ek maar dag, Joos."

Toe Hans weg is, sê Joos vir Freda dat sy nie vir Hans moes gevra het of die munisipaliteit hom óók afgedank het nie. Hý het nie vir Hans afgedank nie, nie soos sy dit laat klink nie.

"Hy behoort in elk geval die werk op te pas wat Zerk toe vir hom moes kry. Hy kan nie gedurende werksure hier by Pa kom sit en klets nie. En nog 'n ding: sal Pa asseblief vir hom sê om op te hou om my op my voornaam aan te spreek!"

"Maar jy het dan voor hom grootgeword, Freda!" Ou Joos is geskok. "Hoeveel popklere het hy nie vir jou gemaak nie?"

"Dit was ander tye, Pa. En as Pa te vrot is om hom aan te sê om my as mevrou Raubenheimer aan te spreek, sal ek dit self doen."

Ek hou nie hiervan nie, dink ou Joos en stap kombuis toe om die stofie op te steek. Vandat Freda van oorsee af teruggekom het, is daar 'n eiesinnigheid in haar wat nog erger is as die eiesinnigheid wat sy maar altyd in haar had. Aard na haar oupa van moederskant, dié was so eiesinnig. En sy was maar veertien toe haar ma dood is, Freda. Daar was dae toe hy gedink het hy gaan nooit regkom nie; 'n meisiekind op daardie ouderdom en sonder ma was nie maklik nie. Jy gee later in waar jy moes teëgehou het, want sy is al wat jy het en jou jammerte kom staan maklik voor jou verstand.

"Ek verneem tant Mart het plek gekry in die ouetehuis op Krugersdal, Pa," kom sê Freda in die middeldeur. "Oom Stefaans en tant Girlie ook."

Waarmee begin Freda nou weer vanmiddag?

"Het Pa dan nie vroeër by tant Mart gekuier nie?" probeer sy ligweg klink.

"Wil jy nou miskien voorstel dat ek ook moet ouetehuis toe gaan sodat ek weer by haar kan call?"

"Ek wou maar net voorstel dat Pa ophou lap en stop vir andere!"

"Ek lap en stop vir niemand nie. Ek is 'n tailor!" stry hy trots.

"Pa kan nie hier sit tot Pa omval nie, 'n mens moet vroegtydig inkom by die plekke."

"Waarvan praat jy, Freda?"

"Pa moet aftree. Zerk sal die huisie by Pa koop sodat Pa nie niks het nie. Die ou plekkie is nou wel nie veel werd nie . . ."

"Ek dog dan jy het anderdag kom foto's neem van my plek omdat daar konsuis so 'n waardasie op hom is," sê die ou man en gaan sit.

"Zerk sal Pa R5 000 vir die plek gee."

"Wat?" skrik ou Joos. "Van wanneer af maak julle oor mý plek prys? Van wanneer af is my plek in die mark? Freda, wat voer julle in die mou waarvan ek niks weet nie?"

Petronella sorg dat sy so 'n rukkie vóór twee by Abraham is.

"Ontspan, Abraham, die liewe Heer sal wys wat ons moet doen."

"Jy moet die vergadering in komitee roep, Petronella. Sommer reg aan die begin."

"Wat beteken dit?"

"Jy moet die vergadering in camera hou sodat elke raadslid se mond wetlik gesnoer is oor die drinkwater-besigheid, tot tyd en wyl ons weet wat ons te doen staan. Dis 'n lelike ding en kan jy jou voorstel wat sal gebeur as dit op die straat moet kom?"

"Maar ons kan dit tog nie wegsteek nie!"

"Dis soms nodig om dinge weg te steek, Petronella, dat jy eers klaarheid daaroor kan kry."

"Dit klink vir my te veel na politiek, Abraham," maak sy beswaar.

"Maar dit ís politiek! Jy is besig met politiek op die derde vlak, Petronella, en as jy mooi gaan sit en dink, sal jy agterkom dat hierdie politiek elke dag se politiek is, elke dag se regeer."

Twintig minute later is almal teenwoordig en ou Koos is baie ontevrede.

"Op my ouderdom gaan lê 'n man 'n bietjie dié tyd van die dag, Petronella," kla hy sommer met die intrap.

"Dalk voel jy later in die middag meer na lê, Koos," sê Petronella en sien Zerk vinnig opkyk. Toe Abraham die deur toegemaak het, open sy die vergadering.

"Menere," spreek sy hulle staande toe. "Ek is jammer om julle op so 'n kort kennisgewing bymekaar te moes roep. Die saak is egter van so 'n aard dat dit nie anders kon nie. Daarby is dit noodsaaklik dat ons die vergadering in camera hou, en ek vra dat dit so genotuleer word. Wat vanmiddag tussen hierdie vier mure gesê word, gaan tussen hierdie vier mure bly totdat ons weet wat ons môre gaan doen."

"Dit wil dan nou al na 'n ernstige saak klink." Krisjan sit skielik meer regop.

"Dit ís, meneer Boonzaaier. Die uitslag van die water het gekom en daar is bevind dat ons water ongeskik is vir menslike gebruik," sê Petronella en gaan sit.

Dis doodstil. Abraham haal die telegram uit en stuur dit om die tafel, en Petronella hou elkeen se gesig dop terwyl hy dit lees. Net om Zerk se mond trek 'n verskuilde glimlag wat haar hinder.

"Ongeskik vir menslike gebruik?" herhaal ou Koos hees. "Julle moet alles praat! Ek het gellings en gellings van die water gedrink vandat ek die niersteen had!"

"Dis 'n geneuk," sê Krisjan ingedagte.

"Luister, man," erg Johannes Vlok hom. "Daardie spul daar in Pretoria sal uit beginsel uit fout kry met elke druppel water wat ongesteriliseer daar aankom. Hulle sal my niks vertel nie."

"Dis natuurlik 'n baie ernstige saak, mevrou die burgemeester," sê Zerk, en Petronella kan sweer hy geniet dit.

"Dis 'n gemors!" Ou Koos slaan met sy vuis op die tafel.

"Gelukkig dat ek nog al die jare my watertenk skoongehou het," sê Krisjan en kan nie nalaat om ou Koos op hierdie ernstige oomblik te treiter nie. "Ek sal jou darem met 'n gelling op 'n dag kan help, ou Koos."

"Jy kan maar spot!"

"Menere!" roep Petronella hulle tot orde en sien Abraham sweet. "Ek vra ten eerste 'n voorstel dat ons onmiddellik kennisgewings uitstuur na elke verbruiker en sê die water moet gekook word voor dit gebruik word."

Vlok staan op. "Ek stel voor dat diesulke kennisgewings uitgestuur word," sê hy en gaan sit.

"Sekondeer!" roep ou Koos.

"Ja," sê Krisjan oor die tafel na Vlok toe, "dan styg jou paraffienverkope ook sommer lekker."

"Menere, asseblief! Die saak is ernstig," keer Petronella. Sy wens Abraham wil ophou kriewel en Zerk ophou glimlag. Hy kan hom tog nie verheug oor haar penarie nie? Dis tog almal se skade.

"Mevrou die burgemeester." Abraham Moller staan op en haal sy bril af. "Ek wil dit net onder die aandag van almal teenwoordig bring dat dit môre die einde van die maand is en dat ek nie weet hoe diesulke kennisgewings getik en afgerol gaan kom nie, wat nog te sê van uitgedeel kom?"

"Ons sal Hannie vra om vroeër te kom," sê Petronella. "Sy kan maar net die tikwerk doen en jy kan afrol, meneer Moller."

"En waar moet ek hande kry om te gaan uitdeel?"

"Dit sal ek en Krisjan en Koos doen," sê Petronella sonder aarseling.

"Ek het leibeurt!" keer Krisjan.

"En ek is siek!" sê ou Koos.

Maar Zerk staan skielik op en almal wag vir wat hy gaan sê.

"Mevrou die burgemeester," sê hy, "kennisgewings gaan nie die probleem oplos nie, eerder vererger. Sou dit nie beter wees om die saak liewer stil te hou totdat daar vooruitsigte vir 'n oplossing is nie?"

"Stel u dit voor, meneer Raubenheimer?" vra Petronella vinnig.

"Glad nie, mevrou die burgemeester. Ek neem aan ú het al die voorstelle vir 'n oplossing. U het die bynes oopgekrap. U het seker terselfdertyd 'n manier bedink waarop die swerm beheer kan word?"

Stilte.

"Ek vra wat julle in die mou voer, Freda?"

"Ek het bloot gesê Zerk sal uit die goedheid van sy hart die huis by Pa koop vir R5 000. Pa reken tog seker nie die ou plekkie is méér werd nie!"

"En dan sit ek op die straat."

"Niemand het dit gesê nie. Al wat ek gesê het, is dat dit lankal tyd geword het dat Pa aftree. Al Pa se ou vriende trek in ouetehuise in en . . ."

"Dis nie waar nie, en my huis is nie in die mark nie!" sê hy en gooi die teelepel driftig in die piering.

"Wil Pa wag tot Pa niks vir die plek kan kry nie?"

"My plek staan sinter in die middel van die dorp. Die grond alleen is meer as R5 000 werd – ás ek wou verkoop. Maar my plek is nie in die mark nie. En laat ons koffie drink voordat ons vandag woorde kry, Freda," sê hy en skink die koffie. Ná 'n rukkie kan hy weer kalm praat: "Ek hoor die dorp se drinkwater is gekondêm."

"Watse drinkwater?" vra sy sonder erg en gooi suiker in haar koffie.

"Ons drinkwater. Wat in die krane is. Dis glo laat toets en ondrinkbaar gevind."

"Dis twak, Pa. As daar so iets was, sou Zerk my gesê het."

"Ek dog dan hulle is op die oomblik besig met 'n noodvergadering oor die water?"

"Hulle hét 'n spesiale vergadering . . . Waar hoor Pa die storie van die drinkwater?"

"Iemand het my gesê. Kom ons gaan sit binne."

Toe vyfuur slaan, voel dit vir Petronella sy moet al hoe harder keer om nie kwaad te word nie. Die een man wie se ondersteuning haar kan help, is Zerk Raubenheimer, maar sy kry dit nie uit hom uit nie, en Johannes sal haar nie help as Zerk dit nie eers goedgekeur het nie, en al die tyd treiter Koos en Krisjan haar met 'n domastrantheid wat erger is as Abraham se kriewels, en hulle is nog net waar hulle was met die waterkrisis.

"Menere." Dit voel vir haar of sy kan begin soebat. "Kan ons nou asseblief 'n voorstel kry dat ons onmiddellik laat boor vir ander water."

"Ons wil eers weet wie die water gaan aanwys," hou ou Koos vol.

"Maar ons is nou al twintig keer by daardie punt verby, Koos Nel!" Petronella verloor haar laaste geduld. "Ons is alleen geregtig op 'n subsidie as ons die water deur 'n behoorlike geoloog laat aanwys!"

"En ek sê weer," stry ou Koos, "dat ek nog nie een boorgat gesien het wat water gee wat 'n klipneuker uitgewys het nie. Hulle mag ná 'n paar probeerslae per ongeluk 'n aar raak slaan, maar ons het nie tyd vir gelukskote soek nie, ons moet water hê!"

"Mense, dit word laat," sê Krisjan. "Ek sê nog ons moet eers uitvind waar ons 'n boor kan kry, hoeveel dit sal kos om mét 'n subsidie te boor en hoeveel daarsonder."

"En ek wil éérs weet wie die water gaan aanwys," hou ou Koos vol.

"Mevrou die burgemeester," vind Zerk uiteindelik iets om te sê. "Ek sou graag wou hoor wie meneer Koos Nel in gedagte het om die water aan te wys."

Dit is of dit die oomblik is waarop ou Koos heelmiddag gewag het. Voor Petronella kan keer, is hy op sy voete.

"Meneer Raubenheimer, ek ken Kasselspoort se formasies beter as wat ek die palms van my eie hande ken. Ek is gebore in hierdie distrik, en my eie plaas, voor ek op die dorp kom woon het, het ek soos 'n sif geboor en elke gat het ek self aangewys en elke gat had water!"

"Brakwater," herinner Krisjan vinnig.

"Het jý geproe?" erg ou Koos hom op die oomblik en wend hom weer tot Zerk. "Meneer Raubenheimer, daar is net een man wat vir hierdie dorp kan water aanwys en dis ék. En ons kry my broer Flip se boor en voor 'n haan daarna kraai, het ons water."

"Dit beteken boor sonder subsidie," sê Petronella moedeloos.

"Dan stel ek voor," sê Zerk met die glimlag, "dat ons 'n geoloog laat kom om te bepaal waar ons moet boor, en terselfdertyd laat ons meneer Nel ook water wys . . . ingeval die ander gat niks oplewer nie."

"Sekondeer," sê Vlok.

Ná die vergadering gaan Zerk reguit huis toe. Dennis en Freda is nie een tuis nie en hy is bly vir die tydjie dat hy alleen kan wees.

Op die ouderdom van agt-en-vyftig ervaar hy die afgelope paar maande 'n haas wat besig is om 'n soort ongeduld te word. Ook ongeduld met hierdie kleindorpse sothede om hom, ongeduld met die veranderinge wat hy wil teweegbring en met die sotte wat in sy pad staan. Vier-en-dertig jaar gelede het hy as jong prokureur hierheen gekom, praktyk geopen, Freda ontmoet en getrou, en 'n naam opgebou as prokureur wat selfs in die omliggende dorpe geken word. Maar 'n man se ideale is nooit volbring nie.

Hy onthou so goed toe hy die keer, seker meer as tien jaar gelede, skielik besef het dat hy een van twee dinge sou moes doen: nuwe, groter uitdagings elders gaan soek óf groter, nuwe uitdagings hier op Kasselspoort skép. Freda was hewig ten gunste van die eerste: trek. Tog het hy besluit om te bly. Sy eerste stap was toetrede tot die raad. Enige organisasie, groot of klein, is wat sy leier is; 'n dorp is wat hy is uit gevolg van wie sy leier is, wie in die burgemeesterstoel sit. Sit daarby 'n sterk man in die stadsklerk se stoel en daar is nie keer aan wat alles moontlik is nie. Jy kan vir jou 'n naam opbou wat strek vanaf die burgemeesterstoel tot in die parlement! In Kasselspoort se stoel het ou Neels Meyer op tradisie gesit, en Abraham Moller het op sy senuwees gesit in die stadsklerk se stoel: 'n wind sonder waai. Maar 'n man van wie jy ook nie sommer ontslae moet raak nie, bruikbaar in dié opsig dat jy met hom sal maak soos jy wil . . .

Hy het destyds geweet dit sou 'n bietjie geduld kos om te kom waar hy wil wees, om die beheer te verkry; 'n man in sy posisie en beroep maak uit die aard van die saak heelwat vyande, en omseilingstaktiek moet fyn uitgewerk word . . .

Toe kom kry hy Petronella van Aarde in die stoel. Weer eens is hy 'n tree van sy doellyn af deur kleindorpse mentaliteit gepootjie. As hy moes uiting gee aan die wrewel wat in hom is, sou hy 'n bom onder die spul sotte kon ingooi. En om Petronella uit haar stoel te lig, gaan elke greintjie taktiek van hom verg.

Hy hoor Freda se motor langs die huis intrek en wonder hoe ver sy met ou Joos gekom het. Volgens die kenner van ou geboue op Stellenbosch, die man aan wie Freda die foto's gestuur het, is ou Joos se huis uiters geskik vir die doel waarvoor hulle dit wil hê. Dis 'n kwessie van die ou man oortuig voordat hulle die dorp daarmee kan wakker skud!

"Hallo, Zerk, jammer ek is laat," groet Freda toe sy binnekom. "Hoe het dit toe by die vergadering gegaan?"

"Ek het jou mos gesê Petronella skop aan byneste."

"Ek hoor die drinkwater is ongeskik vir menslike gebruik. Is dit waar?"

"Waar op aarde kom jy daaraan?" wil hy geskok weet.

"Is dit dan 'n geheim?"

"Dis beslis 'n geheim. Ek móét weet waar jy dit gehoor het."

"Pa het my gesê."

"Jou pá?" 'n Paar moontlikhede flits deur sy kop. "En waar het jou pa dit gehoor?"

"Hy het nie gesê nie."

"Hoe laat was jy by hom?"

"Net so voor twee."

Dís interessante nuus, dink Zerk, en bereken vinnig die moontlike lekplekke. Die telegram het ná elfuur vanoggend gekom. Tot twee-uur toe het net twee mense die inhoud geken: Moller en Petronella. Die twee lede van die pospersoneel is uiters betroubaar, hy weet. Buitendien, dit sou nie vir hulle veel betekenis ingehou het nie . . .

"Freda, ek moet weet wie almal tussen elfuur en twee-uur by jou pa was. Ek wil dit nóú weet. Bel."

"As Pa eers snuf in die neus kry, sal hy niks sê nie."

"Vra hom. Wag, ek sal jou sê hoe jy uitvind! Vra hom of Moller dalk vandag by hom 'n broek kom ingee het, sê jy het sommer gehoor hy het weer 'n bietjie ekstra werk gekry. As hy sê Moller het nie, vra jy of Petronella dalk iets gesê het van 'n . . . 'n rommelverkoping. Waag 'n skoot in die donker!"

Liewe Vader, bid Petronella terwyl sy vir haar 'n stukkie aandkos maak, help ons met hierdie waterkrisis. Stuur vir ons 'n slim geoloog en lei hom na die regte water toe. Here, en dan is daar nog die regte boor ook, en . . .

Die telefoon lui in die sitkamer en sy trek die pan van die stoof af. Seker Talia.

Maar dis nie Talia nie. Ook nie die volgende persoon wat bel nie, of die volgende of die volgende . . .

Dit voel vir Petronella die aarde kantel om haar.

"Is dit waar dat die drinkwater vergiftig is?"

"Missies Van Aarde, my buurman sê nou net hier oor die heining 'n mens kan nie die water drink nie. Is dit waar?"

"Is dit die burgemeester? Ek hoor die drinkwater is gekondêm! Wat die duiwel gaan aan?"

"Luister, as my kind iets oorkom, vat ek jou hof toe!"

"Dis sabotasie! Julle moet die polisie roep."

Liewe Here, bid Petronella tussen die lui van die telefoon deur, nou is ek in die moeilikheid. Help tog!

Toe Freda die telefoon neersit, staan die nuus reeds op haar gesig.

"Moller was nie vandag by Pa nie. Petronella wel."

Sy sien Zerk sy "ander" glimlag lag. Maar agter haar lui die telefoon weer en dit is Johannes Vlok wat sê die waterbesigheid is uit en die hele dorp is besig om op hol te raak!

"Trek uit die telefoon se prop, Freda," sê Zerk. "Ek wil nie Petronella se swerm bye op mý toegesak hê nie."

"Dit kon nie juis veel van 'n geheim gewees het nie," por Freda hom aan en buk om die prop uit te trek.

"Die watersaak is vanmiddag in camera gehou. Enige raadslid wat hom of haar skuldig maak aan die uitbring van die inhoud van 'n sekere telegram, of enigiets in verband daarmee, stel hom of haar bloot aan onmiddellike skorsing. Verstaan jy?"

"Natuurlik!"

"En daarom moet ek weet wie dit vir jou pa gesê het."

"Natuurlik!"

Halftien die aand kom Petronella uiteindelik deur na Abraham Moller se huis toe.

"Abraham," sê sy dringend, "voor die son môre halfpad sit, het elke inwoner van hierdie dorp 'n kennisgewing waarin die waarheid staan . . . Jou senuwees beter dit hou . . . Jy bel Hannie en sê sy moet vroeg op kantoor wees, ek sal sorg dat ek en Krisjan en Koos begin aflewer sodra die eerstes afgerol is."

Daar is êrens iets verkeerd, besluit Joos kort ná agt die volgende môre. Hoeveel jare het dit hom nie gepla dat sy enigste kind hom so afskeep nie; as sy een of twee maal 'n maand kom inloer het om te vra hoe dit gaan, was hy dankbaar. Maar van sy van oorsee af gekom het, is sy kort-kort hier, en elke keer kry hy die gevoel dat sy iets wil sê en dit nie sê nie, dat sy draaie praat om dít wat sy nie sê nie. Elke keer pak 'n onrus hom beet wat ure neem om te bedaar. En hier is sy al weer vroegmôre.

"Ek het net gou kom sê Pa moet die water kook voordat Pa dit drink, die dorp is in beroering oor die water."

"Sal Pa vir jou ook 'n eier bak?"

"Nee, dankie. By wie hoor Pa dan toe gister van die water?"

"Dis lekker vars eiers, nie winkeleiers nie," wen die ou man tyd.

"Ek het klaar geëet, Pa," sê sy ergerlik.

En dan word sy ongeduldig as 'n mens anderpad praat, dink ou Joos. Gister 'n fout gemaak deur haar te sê van die water. Groot fout. En hy sal sy woorde mooi moet kies om die fout nie groter te maak nie.

"Wie het vir Pa van die water gesê?"

"Ek kan nou glad nie onthou nie, Fredatjie."

"Pa jok!"

Ek het nou ook nie meer lus vir die eier nie, dink ou Joos. Sou Zerk haar gestuur het? Darem seker nie.

"Dis baie belangrik dat Pa my sê."

"Watse verskil sal dit nou so danig maak, Freda? Die water is gekondêm en klaar en niks kan dit verander nie."

"Dit mag dalk ander dinge verander."

"Ek weet nie wie vir my gesê het nie."

"Pa jok."

"Ag, los dit nou, my kind."

"Pa moes van die eerstes gewees het wat dit gehoor het. Pa het selfs voor Zerk geweet."

Dis 'n slagyster, weet ou Joos ineens, nie vir my nie, maar vir die een wat my gesê het.

"Freda," probeer hy die ding sus, "het jy dan nie werk nie? Jy het altyd so mooi geverf, verf jy ooit nog? Ledigheid is 'n swaar straf, mens besef dit net nie altyd nie."

"Dit was Petronella wat Pa gesê het, nè?"

"Jy't altyd gesê jy sal nog eendag vir my 'n portret van die see verf."

"Pa kan natuurlik verplig word om te getuig. Dis 'n ernstige saak. Die waterkwessie is in camera bespreek, en as Petronella vir Pa gesê het, is sy so goed as klaar geskors. Dit sal Pa nie betaal om vir haar te skerm nie. Net sy en Moller het geweet van die telegram, en Pa het self erken dat hý nie gister hier by Pa was nie."

"Met ander woorde, julle het my gisteraand al probeer trêp."

"Hét Petronella vir Pa gesê?"

"Nee."

"Sal Pa dit onder eed ook sê?"

"Ja," sê hy verslae en stoot sy bord weg. "Ek sal daarop sweer. En ek is jammer om julle teleur te stel. Dis vir my al of daar so gehoop is dat dit Petronella moet wees. Hoekom, Freda?"

"Kom ons sê dit sou baie probleme opgelos het."

"Ek het dan so mooi vir jou gesê om te kyk dat Zerk nie so dwars moet wees nie. Gee Petronella 'n kans," sê hy, maar weet in sy hart dat Petronella nie vir altyd die slagyster gaan mis trap nie. "Wat sê Zerk, wat gaan hulle doen omtrent die drinkwater?" vra hy sommer om iets te sê.

"Dis Petronella se kommer, Pa. Ons sal maar sien hoe kom sy daaruit. Die dorp is moeilik oor die saak en 'n klein oorlog kan nog verwag word."

"Dis mos darem nou nie Petronella se skuld nie."

"Sý het die bynes oopgekrap. Ons sal sien hoe kry sy hom weer toe."

"Ag, maar ou Koos gaan mos water wys en hulle boor onmiddellik en . . ."

"Ou Koos? Pa maak seker 'n grap. Van wanneer af kan hy water aanwys?"

"Maar dis waar, hy gaan water wys en Hannie sê . . ." En hy trap in die slagyster. Hy sien op Freda se gesig dat sy weet hy het sy mond verbygepraat, en die triomf wat stadig in haar oë kom, is soos dié van iemand wat heeltyd geweet het sy gaan wen.

Dennis Raubenheimer tel met sy oë die weke af op die kalender wat voor hom op die lessenaar lê. Vier weke. Oor vier weke kom Talia terug. As hy haar net één keer voor daardie tyd kan sien, sal hy weet wat hy moet doen. Of liewer, sal die besluit wat hy moet neem, makliker wees. Elke dag bring groter oortuiging dat hy 'n fout gemaak het deur terug te kom Kasselspoort toe. Nie wat die werk betref nie; mense wat jare laas by hierdie firma was, kom nou weer terug met hul besigheid. Dit verbaas selfs Zerk.

Maar werk alleen kan nie 'n deurmekaar gemoed verlig

nie. Nog minder die kleindorpse haat en naywer en aftakeling wat telkens blyk uit die gesprekke aan etenstafel en in vry oomblikkies in die huis waar hy op die oomblik genoodsaak is om te bly. Dis soos 'n gifwolk wat in die lug hang. En dit kan nie net tant Petronella se burgemeesterskap wees nie. Goed, dis 'n groot komponent, maar daar is meer wat broei. Petronella van Aarde is die eerste struikelblok, maar sy is beslis nie ál een nie . . .

Waarom is Talia se terugkoms skielik so belangrik vir hom? Hoekom is dít die faktor wat hom weerhou van 'n finale besluit tussen bly of weggaan? Dis nie reg om sy pa agteraf aan 'n lyn te hou nie. As hy wil weggaan, moet sy pa vroegtydig weet sodat 'n nuwe vennoot gesoek kan word. Maar op die oomblik vertraag hy alles deur 'n blinde hoop wat in hom kom lê het en wat hy nie kan afskud nie: Talia. In die helder oomblikke weet hy hoe naïef sy hoop is; Talia sou nie teruggekom het Kasselspoort toe as daar iets van haar gevoel vir hom oorgebly het nie. Nie Talia nie. Daardie fyn trots van haar, haar nugterheid en haar eerlikheid sou haar daarvan weerhou het.

En tog hoop hy.

Hy moet haar sien. Klaarheid kry omtrent die gevoel wat in hom is. As hy haar sien, met haar praat, sal hy weet.

Teen drie-uur die middag het elke huis en sakeonderneming 'n kennisgewing gekry.

"Ek gaan eis vir my petrol," dreig Krisjan toe hy en ou Koos en Petronella voor die munisipale kantoor bymekaarkom om seker te maak dat niemand oorgeslaan is nie.

"Skaam jou, Krisjan," raas Petronella gemoedelik, "'n ryk man eis nie vir 'n goeie daad nie."

"Goeie daad?" sê Koos ergerlik. "Goeie daad se voet! Sal ek julle sê by hoeveel huise ek die gevoel gekry het hulle dink ék het in die water gepee!"

"Toe maar, Koos," troos Petronella, "ek moes ook maar plek-plek tel om my tong in te hou."

"Minstens sewe honde het my amper opgevreet!" sê Krisjan. "En hier staan ons nou, kennisgewings is uitgedeel, maar wat nou van verder, Petronella?"

"Dit sal net die Liewe Heer vir ons kan wys. Intussen moet ek seker maar gaan kyk of die arme Abraham nog leef en of sy telefoon nou darem al opgehou het met lui."

Toe sy oorkant Abraham gaan sit, lyk dit vir haar of sy skouers krommer geword het van die vorige dag af.

"Abraham," troos sy, "moenie so bedruk lyk nie, alles sal regkom. Jy sal sien. Kry jy nou net gou vir my die Administrateur daar op die telefoon."

"Wat?"

"Die Administrateur."

"Petronella, is jy nou van jou kop af? Jy kan nie sommer die Administrateur staan en bel nie!"

"Hoekom nie? Het hy dan nie 'n telefoon nie?"

"Dis dinge wat deur die regte kanale en die behoorlike kanale gevoer word. Jy weet nie hoe werk al die dinge nie."

"Abraham, ons het nie tyd vir kanale en draaie nie, ons sit met 'n krisis, ons moet drinkwater hê! Jy kry op hierdie oomblik vir my die Administrateur op die lyn. Of gee hier daardie telefoonboek, ek sal self bel."

"Petronella, jy kan dit nie doen nie!"

"Ontspan, Abraham! As hy nie by die huis is nie, bel ek sommer die Eerste Minister."

4

Vandat die oudstes van die dorp kan onthou, is die amandelbome teen die droë loop duskant die skool 'n soort almanak: as hulle begin bot, staan die winter einde toe. Hulle is soos boodskappers van die nuwe somer.

"Ek sien die amandels bot, Zerk," sê Petronella toe sy gaan sit. "Dis al of dit my vanmôre wil troos."

"Jy het my seker nie spesiaal op kantoor kom spreek om te sê die amandels bot nie?" vra hy saaklik.

"Nee."

Toe sy sekretaresse 'n paar minute gelede kom sê mev. Van Aarde is hier en dat sy hom wil spreek, het hy dit sterk oorweeg om te sê hy is besig. Hy is nie van plan om haar uit enige gemors te help nie; sý het kans gesien vir die stoel, en sy sal sit totdat dit so warm word onder haar dat sy móét opstaan.

"Ek het een ding kom sê en een ding kom vra, Zerk," sê sy. "In die eerste plek wil ek hê jy moet weet dat 'n staatsgeoloog op pad is hiernatoe."

"Hoe so?" Hy probeer sy verbasing wegsteek.

"Nee, reken, Abraham sit nog gistermiddag die piep en kry omdat ek die Administrateur wil bel, toe't ek my pad klaar oor al wat 'n kanaal is oopgepraat. Agtermekaar man, sê ek jou. En ek vertel hom die waarheid en die waarheid alleen."

"Wil jy my kom vertel dat jy die Administrateur gebel het?"

"Ja. En ek vertel hom kort en kragtig alles: van Koos se nierstene af tot by die mense wat sê dis sabotasie en die paniek in die dorp."

Zerk kan nie besluit of hy hom moet vererg en of hy haar moet uitlag nie. Alleen Petronella sal in haar onnoselheid so 'n ding aanvang. Die ironie is dat sy dalk net kan slaag daarmee!

"Petronella, ek sou jou baie sterk aanraai om 'n kursus te gaan volg in diplomatieke etiket. As jy dink die Administrateur sal hom persoonlik met 'n kolletjie soos Kasselspoort bemoei, moet jy nog baie leer. Ek twyfel of hy weet waar die plek is."

"Hoe kan jy so sê? Natuurlik weet hy waar ons is," sê Petronella verontwaardig. "Hy het dan vanmôre sy sekretaris laat bel om te sê die geoloog is op pad."

"Ek vrees jy moet meer leer as wat ek gedink het jy moet. 'Op pad' in daardie sin en op daardie vlak het 'n baie breë betekenis. Daardie 'op pad' kan 'n paar maande ook beteken."

"Hy sal teen die aand se kant hier wees en môre vir ons die water wys."

"Veronderstel hy kom wel vanaand, dink jy hy kan vir jou water toor en jou bynes vir jou só maklik toekrap?"

"Zerk Raubenheimer, as ek sonder geloof in daardie stoel sit, moet ek dadelik uit hom opstaan!" verdedig Petronella heftig. "Maar ek het ook my beperkinge en ek ken hulle. Ek kan die waterkwessie nie alleen hanteer nie. Die arme Abraham se senuwees is so gedaan dat ek hom nie met te veel kan oplaai nie. Koos en Krisjan mag anderdag se hulp wees, maar nie vandag s'n nie. Vandag het ek jou hulp nodig en vandag kom vra ek jou samewerking."

Dis of die woede eers in sy oë kom en dan in die trek van sy mond. "Sáámwerk? Ek het jou seker nie reg verstaan nie. Toe ek my rug draai, het jy en jou konkelaars Neels Meyer se dood as die goue kans gesien om my uit die stoel te hou, en nou kom vra jy mý samewerking!"

"Ek het sonder konkel of konkelaars in die raad gekom," sê Petronella verontwaardig. "En die stoel was glad nie eens in my kop nie. Maar toe ek weer sien, toe sit ek, en toe ek sit, sal ek eers hoor die plek was bespreek. Gekonkel het ek nié, Zerk Raubenheimer! En daarom het ek vandag die vrymoedigheid om jou samewerking te kom vra."

"Jou vermetelheid is onvergeeflik!"

In die voorportaal keer een van die tiksters Petronella voor en sê mnr. Raubenheimer junior het gesê sy moet by hom in sy kantoor kom tee drink as sy klaar is by mnr. Raubenheimer senior.

"Sê jy vir hom ek sê baie dankie, maar as ek vanmôre onder hierdie dak moet tee drink, sluk ek die koppie ook in!"

Buite in die straat weet sy dit was 'n simpel ding wat sy gedoen het om haar vir Zerk te staan en erg. Vir hóm vererg jy jou nie, jy vra net van Salomo se wysheid soveel as wat jy kan kry. En kyk nou net hoeveel tyd het sy gemors. Sy moet nog ou Joos se ysterpot gaan leen; daardie geoloog sal vanaand 'n braaiboud eet soos hy in sy lewe nog nooit geëet het nie.

"Wat het Pa toe besluit?" vra Freda toe sy gaan sit.

"Hoe bedoel jy nou?"

"Oor die aanbod wat Zerk vir Pa se huis gemaak het."

"Maar ek het dan gesê my huis is nie in die mark nie, Fredatjie!"

Zerk moes hierdie kant van die taak gehanteer het, dink Freda ongeduldig. Sake het nou 'n punt bereik waar sy haar pa al meer sal móét sê. En sê sy te veel, jaag sy hom dalk net die harnas in. En sê sy niks, besef hy nie die erns van die saak nie en beland al hul planne in 'n doodloopstraat. Die ou man se samewerking moet verkry word, al kos dit wát.

"Pa, het Pa al ooit gaan sit en nadink oor Kasselspoort? Oor 'n klompie maande is hierdie dorp honderd jaar oud, en as daar nie dringend iets gedoen word nie, is hy oor nog 'n honderd jaar weer 'n plaas. Al toeriste wat ons sien, is die paar wat hier móét aandoen vir brandstof; die meeste van die tyd ry hulle met die verbypad verby na die ander dorpe toe wat vir hulle iets het om voor aan te ry!"

"Freda, Pa kry die afgelope paar weke al die gevoel jy praat óm iets."

Die ou man is nie dom nie, besef sy skielik, en weet dat sy hom genoeg sal moet sê om hom tevrede te stel.

"Pa is reg. Dis tyd dat ons reguit praat." Sy sien hom skrik en gaan vinnig voort. "Almal in die regte kringe, almal wat van iets weet, is vandag bewaringsbewus. Die enigste manier, afgesien van 'n skandaal, om vandag 'n weggesteekte dorp soos hierdie geken te kry, is deur middel van bewaring: restoureer 'n paar geboue, rig een daarvan as 'n museum in en jy is skielik koerantnuus, toeristeplek, gekén! Om Kasselspoort tot daar te kry, is die alleenvermoë van drie mense: ek en Zerk en Pa."

"My kind, los my tog maar uit. Ek weet nie eers waarvan jy praat nie," sê die ou man en begin driftig 'n broek se naat lostorring.

Hy hou hom opsetlik dom, besluit Freda. Teen hierdie tyd moes hy iets gesnap het, sy het dit so te sê uitgeklank. Maar sy weet ook dat sy nou baie versigtig moet wees. Sy is by die deurbraakpunt en elke woord sal geweeg moet word . . .

"In die Raubenheimers en Joos Jakobs se hande lê die enigste troefkaart wat hierdie dorp besit, Pa. Sonder dit wat ons het, sal hy nog 'n honderd jaar slaap."

"Ek dink nie jy hoef jou te veel te bekommer nie, Freda. Vandat Petronella burgemeester geword het, is 'n hele paar dinge al wakker gemaak."

"Petronella van Aarde is 'n onbeduidende deeltjie met 'n onbeduidende rolletjie in Kasselspoort se toekoms, Pa. Die septer is in óns hande! Die belangrikste kultuurhistoriese geboutjie op hierdie dorp is hierdie huis van Pa. Daarna volg die vier Langstraat-huisies van Zerk."

"Wat hy vir R450 stuk uit oorle' Berta se boedel gekoop het, ja."

"Niemand anders het belang gestel nie."

"Seker nie."

Sy moet vinnig terugdwing na waar sy was. "Die kenner van ou geboue aan wie ek die foto's van Pa se huis gestuur het, dink die plekkie is so belangrik dat hy eersdaags 'n spesiale besoek aan ons gaan bring. Het Pa geweet dat daar nog houtskarniere in party van die deure is en dat die bolig bokant die voordeur 'n juweel is? Die hele huis is in der waarheid 'n juweel. Ek kan sommer sien Pa het nie geweet hoe belangrik hierdie huis van Pa vir die dorp is nie. Dis 'n historiese plek en die mense besef dit skynbaar nie!"

"Freda . . ." Die onrus waarmee hy iets probeer sê, grens aan vrees.

"Pa se huis gaan geproklameer word. Dit sal 'n nasionale monument wees wat vir die nageslag bewaar sal word, dit sal in 'n museum omskep word en toeriste lok – en ek en Zerk en Pá gaan daarvoor sorg!"

"My huis is nie 'n museum nie!"

"Nog nie. Maar dit gaan nog een word."

"Wat julle ná my dood daarmee maak, is julle saak. Maar nie solank ek leef nie!"

"Ons kan nie wag tot ná Pa se dood nie!" sê sy en besef onmiddellik dat sy te hard praat. As jy 'n wegbreekskaap in die kraal wil jaag, moet jy versigtig werk anders verwilder jy hom. "Pa se naam sal verewig wees op hierdie dorp, Pa se huis sal Kasselspoort gekén maak oor die land. Verstaan Pa nou waarom Zerk die plek van Pa wil koop?"

Petronella kom haastig by die voordeur in en Freda bly stil.

"Môre, Freda. Môre, Joos. Hoe lyk jy dan nes een wat 'n spook gesien het?" vra Petronella.

"Môre, Petronella," groet die ou man verslae.

"Môre, Petronella," groet Freda kortweg. "Ek en my pa is besig met 'n baie konfidensiële gesprek."

"Sit, Petronella!" kom dit amper gebiedend van Joos.

Weer eens, net voor sy 'n deurbraak maak, moet Petronella van Aarde alles kom beduiwel, dink Freda woedend. Sý is die laaste een wat in hierdie kritieke stadium naby Joos Jakobs moet kom en die laaste een wat van haar en Zerk se planne moet verneem.

"Jy is seker baie haastig, Petronella," sê Freda openlik vyandig. "So met jou waterkrisis en al die dinge, het jy seker nie bra tyd vir kuier nie, nè?"

"Dis nes jy sê, Freda. Ek kom leen net gou jou pa se ysterpot. Myne se boom is deur. Jy moet weet, die staatsgeoloog is op pad en ek wil vir hom 'n ete gaan kook soos wat hy nog nooit in sy lewe geëet het nie. Nou net hier voor die deur besluit ek ek gaan die werfhoender ook in die pot gooi. Ag nee, Joos, wat lyk jy so bleek?"

"Petronella!" waarsku Freda. "My pa is besig om uiters interessante nuus te verwerk. Die ysterpot staan in die kombuis."

Maar toe Petronella opstaan, keer Joos. "Sit!"

"Gee vir jou pa 'n bietjie brandewyn en suiker, Freda!" sê

Petronella onrustig. "Dit lyk vir my die uiters interessante nuus is 'n bietjie te veel vir hom."

"Die ysterpot staan langs die stoof!" dreig Freda.

"Reken," sê Petronella en hou Joos dop. "Ek sê net die ander dag vir Zerk en die ander raadslede, die wêreld is reg solank die omkrappers net in die minderheid bly en die aan-die-kant-makers in die meerderheid. Of miskien moes ek liewer gesê het, solank die aan-die-kant-makers sterker is as die omkrappers. En nou kom vra hier mos skielik 'n ding in my kop: wat gebeur nou as een omkrapper met 'n ander omkrapper getroud is?"

"Wat presies bedoel jy met hierdie stukkie ongevraagde filosofie, Petronella?" daag Freda haar uit.

"Ek sê sommer maar net, Freda. Ek het eintlik die ysterpot kom leen."

"Gaaf. Maar voor jy dit neem, het ek 'n stukkie goeie maniere wat ek ook sommerso in die lug wil ophang. Mý man is 'n professionele man en dit het tyd geword dat elke Jan Rap ophou om hom op sy voornaam aan te spreek!"

"My liewe mens, ek sal vir hom King George ook sê as dit sal help dat hy inspring en help aan die kant maak!"

Dit was nie my dag nie, dink Petronella 'n paar uur later. Eers erg ek my vir Zerk Raubenheimer, toe staan erg ek my vir Freda en toe verbrand ek die pampoen.

En dis óór ses. Sy het vir die sekretaris mooi beduie hoe hy vir die geoloog moet sê om tot hier te kom. Sou die man dit ooit gedoen het? Die tafel is gedek, die kos is so te sê klaar. Sê nou Zerk is reg? Sê nou die man kom eers anderjaar hier aan?

Nee.

Wat het Dennis net ná vyf weer hier kom maak? Tog seker nie vir die koppie koffie wat sy vir hom gemaak het nie? Hoekom wou hy weet of Talia die langnaweek huis toe kom?

"Ja, sy bring sommer solank 'n bietjie van haar goed huis toe." Sy het geen rede gehad om hom nie te sê nie.

Wat was vanoggend by Joos verkeerd? Freda was soos 'n

wildekat wat voor die bek van 'n gat staan en Joos het gelyk soos die een wat in die gat is. My maar seker verbeel, besluit Petronella en luister of die motor in die straat stilhou. Nee.

"Here," praat sy binnetoe, "hierdie burgemeesterbesigheid is 'n toets vir my geloof. As U my nie vooruitgaan nie, kan ek dit nie regkry nie."

Wat het Zerk bedoel toe hy so teen vieruur se kant gebel het om te vra wat sy omtrent Hannie gaan doen? Wat van Hannie?

"As jy nou nog nie weet nie, behoort jy baie vinnig uit te vind!" is al wat hy wou sê.

Wat van Hannie?

Hannie sal moet wag vir later. Die geoloog moet eers môre die water gaan wys. Abraham sê ou Koos spog die dorp vol dat hý die water gaan wys . . .

Daar is weer 'n motor in die straat, soos een wat soek-soek ry . . . en stilhou.

Sy skat hom so vlak in die dertig toe sy die deur oopmaak. 'n Lang, aantreklike man met 'n slim gesig.

"Mevrou Van Aarde?"

"Ja, meneer. En meneer is seker die geoloog?"

"Ja, mevrou. Alwyn Hartswater."

"Kom binne."

'n Halfuur later sit hy gemaklik en tuis teenoor Petronella en drink saam met haar 'n glasie sjerrie.

"Dat jy nou met so 'n gepaste naam vir ons moet kom water wys, nè?" sê Petronella. Sy hou van die man, sy moet net keer of sy loop allerhande moontlikhede vooruit: hy lyk nie getroud nie. "Ek ken 'n veearts met die van Schaap. Jy spel dit S . . . c . . . h . . . maar jy spreek dit Skaap uit."

"Dís baie gepas," lag hy. "En met so 'n van is hy seker 'n baie goeie veearts."

"Hy is. Ek kan maar net hoop dat jy met jou van 'n goeie waterwyser is!" lag Petronella saam.

"Ek kan ongelukkig nie wáter aanwys nie, tante," sê hy asof dit niks is nie. "Geoloë wys nie water aan in die sin waarna gewoonlik verwys word nie."

"Hoe verstaan ek dit dan nou?" Petronella skrik. "Hoe's dit dan dat jy nie kan water aanwys nie?"

"Ek kan alleen breuke of skeure in die aardkors opspoor wat moontlik onderaardse water mag dra."

Is dit hoekom ou Koos gesê het hy glo nie aan 'n geoloog nie?

"Maar jy kan nie wáter wys nie?"

"Nee, tante."

Dis definitief nie my dag nie, dink Petronella verslae. Dis die een beproewing ná die ander. Met ander woorde, ou Koos sal die water loop wys en hulle sal sonder subsidie moet boor met geld wat daar nie is nie en met ou Flip se flenter boor.

Maar die dag is nog nie klaar met Petronella nie. Toe sy die kos op die tafel het en die vleismes die eerste sny in die bruingebraaide skaapboud sny, sê hy hy eet nie vleis nie. Net van die groente, dankie.

Kort ná tienuur die volgende môre kom sê die tikster vir Zerk dat meneer Koos Nel hom graag wil spreek.

"Stuur hom binne, juffrou. En stuur vir ons koffie ook, meneer Nel besoek ons nie elke dag nie."

Die oomblik toe ou Koos binnekom, weet Zerk dat die ou skepsel groot dinge op die hart het.

"Meneer Raubenheimer." Dit is dan ook duidelik dat hy gekom het om niks weg te steek nie. "Ek kom nou hier agter uit die veld uit waar Petronella met haar geologie saam water soek. Hy sit met so 'n swart kassie-affêre en laat loop Hans Houtman diékant toe en een van die werksmense daaikant toe, elkeen met 'n punt van 'n draad wat uit die kassie kom. Die water wat hulle dáár kry, sal nie eens genoeg wees om 'n kat in te versuip nie."

"Waar soek hulle, oom Koos?"

"Hier agter op die meent net bokant die kerk. Die water ís daar, maar nie waar hulle soek nie. Ek het dit vir Petronella loop sê daar waar sy eenkant onder 'n sonhoed sit met 'n mandjie brood en flesse koffie soos een wat 'n menigte moet voed."

"Ons het mos ooreengekom dat oom Koos sal water wys as

die geoloog se pogings niks oplewer nie," moedig Zerk die ou slu aan.

"Dis nou juis die ding wat ek kom sê. Ek sal stiptelik môre-oggend om sewe-uur vir almal wat belang stel, gaan wys waar die water lê. En ek wys nie water uit 'n boek uit aan nie, ek gebruik nie eens 'n mikstok nie, ek is wat hulle noem 'n 'natural'. As ek oor 'n aar loop, gaan my bene só aan die bewe dat meneer Raubenheimer my nie sal keer nie!"

"Wérklik?" sê Zerk en besluit om dié waterwysery vir niks te mis nie.

"Ja," sê ou Koos aangedaan. "Ek is natural. En my broer Flip se boor staan reg, ons moet net praat en hy begin stamp. Maar nou sê Petronella die geoloog sê daar's 'n staatsboor besig om op te trek by Beaufort-Wes en as hy die regte tekens kry, sal hy 'n goeie woord doen sodat die boor eerste hiernatoe kan kom."

"Oom Koos, ek ken owerheidsbeloftes. Daardie boor sal nog wyd draai voordat hy hier kom."

"Meneer reken so?"

"Beslis. En waar het die geoloog gesag gekry om bore te belowe?"

"Die mense is moeilik, meneer Raubenheimer. Die dorp sit sonder drinkwater, ons kan nie wag nie. Ek het van die begin af gesê ek sal die water wys en broer Flip kan boor."

"Oom het so voorgestel, ja."

Dan bring een van die tiksters twee koppies koffie binne en Koos wag voordat hy weer praat.

"Ek hoor dokter Snyman gaan glo met die volgende verkiesing vir die raad staan," sê hy en probeer om dit na niks te laat klink.

Dis nuus vir Zerk, maar hy steek sy verbasing weg. "Dis interessant," sê hy. "Hy het nog nooit tevore belang gestel in dorpsake nie."

"Sê ek dieselfde ding. En Krisjan sê die skoolhoof se vrou gaan glo ook staan."

"So? Dit klink of ons munisipale raad skielik 'n gesogte plek geword het."

"Dis 'n onnodige mors van geld om verkiesings te hou, sê

ek vir Krisjan. Hoeveel jare bly ons nou al onbestrede in en hou ons dinge reg? Vir wat wil almal nou skielik kom staan vir die raad?"

"Ja. En teen dokter Snyman gaan een van ons uitval, nè?" treiter Zerk die ou opsetlik. Hy weet nou goed waarom die ou die stories kom aandra. Toe ou Koos destyds dorp toe getrek het, het hy hom heel eerste vir die skoolkomitee en die ouderlingsbank verkiesbaar gestel en vir albei uitgeval. Hy is een van dié wat met plaaslike posisies meerderwaardigheid wil bekom. Toe beland hy per geluk in die raad omdat niemand anders belang gestel het in 'n destydse vakature nie. En nou is hy bang hy val weer uit . . .

Ek weet nou presies hoe voel Abraham altyd, dink Petronella in die warm son. Dis al of my senuwees dit ook nie vandag gaan hou nie.

Daar is 'n vroeë somersheid in die bak van die son teen die lae rantjies aan die suidekant van die dorp. Van waar Petronella sit, sien sy die sweet tussen Alwyn Hartswater se skouerblaaie uitslaan. Links van hom het Hans 'n rukkie gelede gaan sit en regs staan Willem Prong met sy een voet op 'n klip en rus.

Dis amper middag.

'n Paar honderd tree teen die skuinste af na die kerk se kant toe staan ou Koos en loer na hierdie kant toe. Heeldag loer hy al.

Wat se klippe sou meneer Hartswater nou daar laat pak? Sy sien hom na Hans se kant beduie en dié begin in die rigting van die bakkie draf.

Hoeveel maal moes sy haar nie al keer om nie kort-kort te loop vra of hy al iets gekry het nie!

Sy sien hom omdraai en in haar rigting kom.

"Dit lyk my nie tante is baie nuuskierig nie." Hy gaan sit 'n entjie van haar af.

"Ek dink dan nou net hoeveel keer ek myself al moes keer om nie aanhou te vra nie."

"Tante kan nou maar vra."

Maar dis of sy meteens al haar geloof verloor en nie die

moed het om dit te doen nie. Sy probeer 'n antwoord op sy gesig lees en kry dít ook nie reg nie!

"Meneer Hartswater?"

"Daar waar ek die klippe gepak het en waar oom Hans hulle vir ons so 'n bietjie gaan afwit," lag hy skielik breed. "Ek sal selfs so ver gaan om te voorspel dat julle die water op niks dieper as 'n honderd-en-twintig meter sal kry nie. Volgens die lesings wat ek kry, is daar 'n skeur wat loop van . . ."

"Meneer Hartswater, ek was jou voete in die eerste water wat onder daardie klippe uitkom!" sê sy met 'n dankbaarheid wat soos moed in haar opstoot.

"Dit sal darem nie nodig wees nie, tante," lag hy. "Maar as daar nog 'n bietjie koffie is, sal dit lekker smaak."

Soveel dinge maal deur haar toe sy die koffie vir hom ingooi dat sy nie mooi agtermekaar kan dink nie. As hulle op hiérdie hoogte water kry, is die drukking reg en alles reg!

"Is jy getroud, meneer Hartswater?" vra sy sommer tussenin.

"Nee, tante."

"En verloof?"

"Ook nie. Ek kan dit nog nie bekostig nie."

"Ek vra maar sommer, my kop dink sommer al die kante toe. Jy het nie miskien lus om die langnaweek – dis nou oor twee weke – vir die naweek te kom kuier nie? Ek belowe jou ek sal solank gaan uitvind wat 'n mens gaarmaak vir een wat nie vleis eet nie."

"Tante skuld my niks. En tante moet my liewer nie nooi nie, ek mag die uitnodiging dalk aanneem."

"Die uitnodiging kom uit die hart," sê Petronella. "Jy sê mos jy sal graag hier agter in Julies se Berg wil gaan klim."

"Ek sal tante laat weet. En ek sal duim vashou vir die water."

"Dankie."

Freda is in die tuin toe Zerk van die werk af kom. As 'n vrou een-en-dertig jaar met 'n man getroud is, is daar min wat sy gesig nie verraai nie.

"Moeilikheid?"

"Nie juis nie. Hoe ver het jy vandag met jou pa gekom?"

"Ek was nie vandag daar nie, gedink ek gee hom 'n bietjie tyd om oor alles na te dink."

"As ons ons planne uitgevoer wil hê vir die eeufees, vrees ek kan ons nie 'n enkele dag verspeel nie, Freda."

"Ek weet."

Hy het 'n gewoonte om die kant van sy onderlip met sy tande te byt as hy kriewelrig is. Sy sien dit en weet dat iets gebeur het wat hom omkrap.

"Hoe het dit toe met Maans Viljoen se saak gegaan?" vra sy.

"Goed."

"Is jy nog tevrede met Dennis?"

"Ja."

As jy dit swaar uit hom kry, is dit gewoonlik 'n taamlike irritasie. Oor een ding is sy darem bly, dat dit nie met Dennis te make het nie. So 'n saamwerkery van pa en seun in een kantoor verloop selde sonder botsings, en as albei daarby nog briljante prokureurs ook is . . . Daar ís iets wat Dennis pla.

"Ek verstaan daar het skielik besondere belangstelling ontstaan in die raad," sê Zerk en dis duidelik dat hy ongeërg probeer klink.

"Hoe so?"

"Ons gaan blykbaar volgende jaar in September verkiesing hou. Warm verkiesing, as dit waar is dat Eric Saayman en Susan van Graan van plan is om te staan."

"En ander jare het niemand getraak nie?"

"Ou Koos Nel is klaar bang dat hy sal uitval, bid eintlik dat daar niks van die geoloog se tekens kom nie sodat hý vir die dorp kan water aanwys."

"Mm, nou verstaan ek waarom jy sê dat ons nie 'n dag kan verspil om ons dinge gedoen te kry nie."

"Presies. Ek is nie bereid om die onkoste aan te gaan vir 'n ander om die vrugte te pluk nie."

"Ek het darem nie niks gevorder nie. Ek het meneer Ledoux op Stellenbosch gebel, hy sal ons gedurende die langnaweek besoek en ons alles sê wat ons wil weet oor die restourasie van die geboue. Ook hoe ons te werk moet gaan om die plekke geproklameer te kry."

"Gaaf."

Sy wag tot hulle binne is voordat sy hom die ander nuus vertel. "Ek het 'n baie interessante ontdekking gemaak. Die nuwe gimnastiekonderwyseres, Helen Scoombie, is die dogter van Malan Scoombie. Malan Scoombie is kurator van 'n kultuurhistoriese museum op Kimberley!"

"Dit klink belowend."

"Die wêreld is klein. Helen Scoombie sal 'n fantastiese skakel kan wees tussen my en haar pa. Ek gaan haar definitief vir die langnaweek nooi. Daar gaan later 'n stadium kom wanneer ek haar se pa se kennis goed sal kan gebruik . . . Daarby is sy 'n mooi meisie, en aangesien Christel en Faan nie kan huis toe kom nie, behoort Dennis haar geselskap te waardeer."

"Moenie dinge nou weer té vinnig vooruitloop nie, Freda," waarsku hy goedig. "En gebruik tog maar alle moontlike diplomasie met jou pa ook. Hoe meer samewerking ons van hom kry, hoe beter."

"Los jy maar Pa vir my," sê sy. "Ek sal hom oortuig."

Daar is 'n verskil tussen die dinge wat 'n man in die nag dink en die dinge wat 'n man in die dag dink, dink ou Koos in die nanag van sy stryd. Sy lyf is seer. Rol hy te veel rond, word die ou vrou wakker en dan neul sy weer môre die hele dag.

Sy kop is dom gedink. Die een minuut het hy vrede met die ding wat hy loop doen het, en die volgende minuut raak hy skoon benoud oor sy bors as hy net dink wat alles kan gebeur as dit moet uitkom!

Hy sal wag tot die kerkhorlosie vieruur slaan, hy sal opstaan en die klippe gaan terugdra tot by die plek waar hy met die plat klip gemerk het. Hy sal die plek toe-oë in die donker kry; soos die palm van sy hand ken hy die meent om die dorp. Hoeveel donkies vroeër jare voordag loop aanhaal vir die inspan voor die tog saam met sy oorlede vader. Nagdonker nog.

Dan besluit hy weer om die klippe te los waar hulle nou is.

Die rantjies lyk die een soos die ander, hulle sal nie agterkom nie.

Ou Hessie snork nie nanag nie, dis voornag se hel 'n leeftyd lank . . . 'n Man dink anders in die nag. Banger.

Laat hulle verkiesing hou as hulle wil, daar gaan meer as een man uitval. Krisjan ook. As 'n man nou net kon seker wees Krisjan val ook uit. Wat het Krisjan miskien vir die dorp gedoen? Boggerôl. As hy wat Koos Nel is vir die dorp drinkwater kry, is dit so goed hy red 'n dorp se lewe, en wie sal 'n man uitstem as hy jou lewe gered het? As daar een is wat mag uitval, is dit Krisjan Boonzaaier! Mos al die jare buurplase geboer. Hy en Krisjan. Son het mos al die jare tot by Krisjan se hek geskyn. Koos Nel is uitgelag. Koos Nel val uit teen Krisjan Boonzaaier in die Afdelingsraadverkiesing. Die bankbestuurder kuier mos Sondae net tot by Krisjan . . .

Hy sal versigtig opstaan sodat ou Hessie nie wakker word nie. Klaar gisteraand so geneul toe hy sê hy moet uit om Krisjan 'n ding te loop vra. Gelukkig dat Krisjan nie gebel het in die tyd dat hy uit was nie.

Hy het die plat klip as 'n merk gesit op die plek waar die geoloog se klippe witgekalk gelê het. Miskien het hy die klippe 'n bietjie te ver oos en ondertoe gepak. Petronella kan maklik omdraai en onthou waar sy heeldag gesit het. Ag, die wêreld lyk oral eenders daar bo . . .

Dis warm. Daar's te veel komberse oor die kooi. As hy net 'n slag behoorlik kan uithoes vir die benoudheid op sy bors, maar dan word ou Hessie wakker . . .

Dit sal mos nie verskil maak waar die geoloog se klippe lê nie! Niemand sal uiteindelik skade ly nie. Hy wys die water aan waar die geoloog se klippe wás, die staatsboor kom boor waar die geoloog se klippe nou gepak is en broer Flip boor waar hý die water wys.

Hy het gesê hy sal die water wys. Meneer Raubenheimer het gesekondeer. Ou Krisjan het nie daarvan gehou nie; meneer Raubenheimer is 'n man van aansien op hierdie dorp, mense praat nou wel partykeer die een en ander, maar hy bly nog altyd 'n man van aansien. Hy moes lankal oorgestap het na sy kant toe. Laat Petronella sien en kom klaar.

Dit kan 'n lelike ding wees as dit uitkom! Wie se woord teen wie se woord? Kan kwaaddoeners ook gewees het wat die klippe weggedra het. Hy wys die water op die geoloog se plek . . . Niemand ly tog skade nie, Petronella sal nie agterkom nie. En wie se woord teen wie se woord? Kan kwaaddoeners ook gewees het.

As die dag tog net wil bréék.

Toe haar rooi haan kraai, lê Petronella al 'n hele rukkie wakker. Gisteraand het die slaap haar oorval, sy was te moeg. Gister se dag kom rol nou eers soos 'n rolprent verby: die wag, die hoop, die wag, die hoop.

Die Here is goed.

Meneer Hartswater het belowe om hul saak vandag op die hoogste vlak te gaan bepleit. Hy sal bel om te sê van die boor en wat sy moet doen.

Ja, die Here is goed.

En as Talia die naweek kom, sal sy vir haar sê sy moet goed wees vir Alwyn Hartswater. Mens weet nooit. Sê nie dit moet uit die boek uit kom en liefde met die eerste sien wees nie. Maar 'n mooi, nugter vriendskap wat later miskien . . . Hokaai!

Hannie.

Vandag moet sy probeer agterkom wat dit is van Hannie wat Zerk nie wou sê nie.

Zerk.

Daar moet êrens 'n deurkomplek wees tot die man. Vroeër, toe dinge tussen Dennis en Talia anders was, en Dawid nog geleef het, het die twee huise tog soms oor en weer gekuier. Ná Dawid se dood het Zerk die boedel gedoen, die winkel se verkoop aan Johannes Vlok gehanteer en alles. Toe los Dennis vir Talia en dis nie meer dieselfde nie.

Die volgende oomblik ruk haar hele lyf soos sy skrik. Iemand begin aan die voordeur hamer – nie klop nie, hámer! En dis dan skaars lig?

"Ek kom!" roep sy toe die gehamer weer begin.

Dis tyding. Kry die skrik nie end nie? Sy sukkel om haar kamerjas aan te kry. Dis tyding!

Die tyding lê oor Hans Houtman se hele gesig toe sy die deur oopmaak.

"Hans!"

"Missies Van Aarde, dissie . . . dissie . . . dissie klippe! Ek het die koei gaan melk op die meent, toe loop ek by die klippe langs en die klippe is weg, en ek kry net van die spatsels van die kalk en 'n plat klip en onse klippe is doer anderkant gepak!"

5

"Jy is besonder vroeg op en klaar," sê Freda toe Zerk die môre kort voor sewe sy sleutels in sy sak steek.

"Koos Nel gaan sewe-uur water wys en hy het almal genooi wat belang stel om te kom kyk hoe hy dit doen," lag Zerk. "Johannes sê Krisjan sê 'n man kan betaal om die spektakel te sien."

"Jy sal maak dat ek opstaan en my aantrek!" lag Freda.

"Ek sal jou kom vertel wat gebeur het. Sy bene gaan glo iets vreesliks aan die bewe as hy oor die aar stap."

"Ek móét gaan kyk!"

"Jy het nie tyd vir Koos Nel se sothede nie, Freda. Kyk dat jy so vroeg as moontlik by jou pa kom."

Die dou lê nog plek-plek oor die bossies en hang blink aan die spinnedrade in die vroeë son. Die luggie is koel en Petronella steek haar hande onder haar trui in. Daar is nie 'n wolkie in die lug nie. Dis of die dag nog nie heeltemal wakker is nie, of die nag se rus nog oor alles lê. 'n Predikant het eenmaal gesê, onthou Petronella, dat die mens elke dag God se Skepping nog net so volmaak ontvang. Maar dan weerkaats hy dit van hom weg deur sy kwade gedagtes en sy dade.

Om vanmôre haar eie gedagtes sonder kwaad te hou, gaan swaar.

Toe sy omdraai, sien sy Krisjan uit die rigting van die dorp kom.

"Môre, Petronella," groet hy toe hy kort van asem by haar aankom. "Ou Koos sal hom wat verbeel om dié tyd van die môre 'n gehoor te hê!"

"Môre, Krisjan. Dit lyk na Johannes en Zerk wat daar agter die kerk stilhou."

"Dit is hulle."

"Dan sal Koos nou seker ook enige oomblik kom."

"Ek hoor die geoloog het goeie tekens gekry, Petronella?"

"Ja, Krisjan."

"Hoe klink jy dan vanmôre nes een wat nog nie heeltemal wakker is nie?"

"Ek is maar net 'n bietjie . . . hoe sal ek sê? Daar kom Koos ook nou."

Die swaarste is om nie blindelings te verdink nie, dink Petronella. Iemand het die klippe op 'n ander plek gaan pak en toe 'n plat klip op die plek gesit. In die nag. Dit moet in die nag gewees het, anders sou die persoon die kalkspatsels gesien het wat agtergebly het. Sy en Hans het die klippe teruggedra tot waar hulle hoort en haar oë sal op daardie klippe bly totdat Hans met die emmer beton kom en hulle 'n behoorlike merk gebóú het.

Sy stel nie belang in Koos se waterwysery nie . . . Hulle maak tog net van die ou man 'n bespotting en hy weet dit nie. Of miskien weet hy dit.

"Ek dog dan jy het gister jou water gekry, Petronella." Koos is verbaas om haar daar te kry en rus 'n bietjie ná die effense klim. "Of wil jy hê ek moet vir jou kyk of daar iets is waar die klipneukertjie gewys het?"

"Laat maar staan, Koos, en wys waar jy wil," sê sy en wens hulle wil loop.

"Toe, Koos, begin loop dat ons sien wat gebeur," raak Krisjan ook haastig.

"Ek stel nog altyd voor ons gaan kyk waar die geoloog gesê het ons moet boor," hou Koos vol en buk om sy broekspype op te rol. "Vir al wat ons weet, het die man sterke water gekry," spot hy onderlangs.

"Maar jy het dunne beentjies, Koos!" sê Krisjan en knipoog vir die ander. "Hoe gaan ons weet jou bene rittel van die koue of van water?"

"Spot maar, Krisjan, spot maar. Ons sal sien wie spot die laaste," sê Koos en kom orent. "Is julle gereed?"

"Ja, oom Koos," sê Zerk.

"Môre, Oupa."

"Dennis! Môre, Oupa se kind!"

"Ai, ek het geweet ek gaan 'n lekker bietjie moerkoffie raakloop, mens ruik dit al in die straat."

"Sit, my kind."

Soggens vroeg is van die lekkerste kuiertye by ou Joos. Dan kuier jy om die kombuistafel met die effens kromgetrekte blad en drink sterk swart koffie uit 'n warm beker. Die paar jaar dat hy in die stad gepraktiseer het, het hy dikwels hierdie prentjie soggens in die oggendverkeer opgeroep en altyd gevoel dit skep êrens balans.

"Het Oupa gehoor Talia kom terug?" vra hy op die ingewing van die oomblik.

"Ja."

Hy weet die ou man wil graag weet hoe hý daaroor voel, maar hy weet ook die ou man sal dit nie as sy reg beskou om te vra nie.

"Oupa was altyd lief vir Talia, nè?"

"Ja, Dennis."

"Oupa het dit nooit gesê nie, en tog moes Oupa my destyds verkwalik het."

"Wat bodder jy dan nou vanmôre agtertoe? Wat verby is, is verby en nabetragting sal niks verander nie."

Maar die behoefte om met die ou man te praat het klaar in hom opgekom. "'n Mens se verlede bly nou maar eenmaal nes jou skaduwee, Oupa," sê hy. "Jy kom nie daarvan weg nie."

"Nog 'n bietjie koffie?"

"Dankie."

"Jy weet, Dennis, ek wil nou nie vanmôre met jou skaduwees inmeng nie, dis net dat ek tot vandag nie weet wat werklik destyds tussen jou en Talia verkeerd geloop het nie. Niemand het my gesê nie. Almal het blykbaar aanvaar dat ek weet. Toe het ek maar self die ding so stuk-stuk aanmekaargelas en tot die slotsom gekom dat daardie Anne jou verstand onder jou lyf uit geruk het met haar popgesiggie en kort tennisrokkie."

'n Vlieg kom sit op die suikerpot en Dennis waai hom weg. Daar is 'n stilheid in sy stem toe hy weer praat: "Daar is dae wat dit vir my voel ek het self nog nie al die stukke bymekaar nie, Oupa. Tant Petronella het anderdag gesê 'n mens lieg maklik vir jouself. Dis waar. En Oupa het ook reg opgesom: 'n mens se liggaam lieg maklik jou verstand deurmekaar, en wanneer dit te laat is, kom jy agter jy het jou siel vir die vlees gekul. Anne was 'n vleeslike ondervinding wat uitgewoed was voor die eerste jaar om was. Ek weet nie of Oupa verstaan wat ek sê nie . . . Dis die eerste keer dat ek dit in woorde sê."

"Oupa is nie dom nie, my kind."

"En dan hou jy vyf jaar uit en jy soek en jy hoop dat daar iewers meer as die vleeslike sal groei uit die chaos uit, jy soek agter die lae grimering en kaste klere en elke nag se naglewe na iets om op te bou en jy kry dit nie en jy word bang. Later kan jy nie die pas volhou nie en jy vind uit daar is ánder wat kan . . ."

"Kan Oupa jou 'n persoonlike vraag vra?"

"Ja."

"Jy hoef nie te antwoord nie."

"Vra maar, Oupa."

"Het jy nog gevoel vir Talia?"

"Ek weet nie, Oupa. Miskien is ek te lafhartig om werklik daaroor te besin. Wat op die oomblik belangrik is, is dat ek haar sien, met haar praat. Dan sal ek weet. My lewe is taamlik deurmekaar."

"Jy is nog jonk, jóú deurmekaar kan regkom met die tyd saam. Dis op my ouderdom dat dit lol as jou lewe skielik deurmekaargekrap word."

"Ek beny Oupa dan juis Oupa se rustige lewe, Oupa se ankers."

"Dan weet jy nog niks, Dennis."

"Hoe bedoel Oupa?"

"Toe maar, moenie jou oor my dinge bekommer nie, ek sal regkom. Kyk jy maar dat jou dinge regkom. Ek hoor ou Koos het vanoggend gaan water wys."

"Ja. Nieteenstaande die feit dat die geoloog gister baie goeie tekens gekry het," sê Dennis met ongeduld in sy stem en vra: "Dink Oupa tant Petronella gaan dit maak met hierdie klomp dwarstrekkers?"

"Om jou die waarheid te sê: nee. Sy mag 'n ruk lank wen, maar sy kan nie op die aanhou wen nie. Die omkrappers, soos sy hulle noem, gaan die wêreld vir haar só omkrap dat sy nie weet watter kant toe nie."

"Oupa klink buitengewoon pessimisties."

"Miskien omdat ek die laaste tyd gesien het hoe 'n ander 'n mens se lewe vir jou kan omkrap. Selfs dié wat naaste aan jou is. En hoe lank jy kan aanhou wen, hang af van hoeveel sterkte binne-in jou lê. Petronella is 'n vrou, en 'n vrou is buite-om sterk, hoor nou wat ek jou vandag sê, maar binne-in het hulle nie die krag van 'n man nie. As Petronella nou kon reken op die krag van die manne óm haar, was dit 'n ander storie en kon sy met haar deursettingsvermoë en wysheid lei waar die manne met hulle krag moet loop. Daarom sê ek vir jou, Petronella kan nie wen nie."

"Ek kan alleen hoop dat Oupa haar onderskat."

Met sy broekspype opgerol tot bokant die knieë begin ou Koos die tog teen die opdraandetjie uit. Links van hom loop Krisjan en regs van hom Johannes en Zerk.

"Loop julle maar, ek bly hier," het Petronella die uitnodiging van die hand gewys om saam te loop.

Ja, dink sy en kyk hulle agterna, hulle spot met die arme ou Koos, hulle het nie eens agtergekom dat die ou senuweeagtig is vanmôre nie. Om die een of ander rede het hy besluit om vir hierdie dorp water aan te wys en nou dat hy dit moet doen, lyk dit of hy bang is hy kry dit nie of iets. Mansmense is dom . . .

Nou waar gaan ou Koos dan nou heen? Hy het dan gesê hy sal eers loop voel of daar water is waar die geoloog sy klippe gepak het. Wat foeter hy dan nou na die plek toe waar sy en Hans die klippe moes gaan haal? Nee wag, sy moet liewer agterna loop en gaan kyk voordat sy hier staan en verbeelding kry.

"Voel jy al iets, ou Koos?" vra Krisjan.

"Nie 'n druppel nie. En as ek dit nie mis het nie, moet ons nou omtrent op die plek wees waar die geoloog kastig die water gekry het. Ek dink ons moet 'n bietjie meer oos beweeg . . . bietjie laer af."

"Los die geoloog se plek, man!" raak Johannes haastig. "Soek jou eie plek, jy sê mos jou bene voel die water."

"Ja, maar ons moet eers vasstel of daar nie dalk water is waar die geoloog gesê het nie, sodat julle nie kan sê ek het onregverdig uitgewys nie. Die bossies is 'n bietjie ruig hier rond, kyk goed, dis 'n paar witgekalkte klippe . . . Ons moet as 't ware bo-op die plek wees en ek voel nog nie eens 'n roering nie. Ek sê vir julle, die water is hoër op en meer wes, julle sal sien. Ek kan nou glad nie verstaan waar die man se klippe is nie."

"Koos Nel!" praat Petronella agter hulle. Aan sy omtol is dit duidelik dat hy nie geweet het sy is daar nie. "As jy die geoloog se klippe soek, is jy 'n bietjie uit rigting uit."

"Maar . . . ek is seker . . . ek meen, ek het nou wel nie gister mooi opgelet waar hy hulle pak nie . . ."

"Ja. En die klippe het partykeer 'n manier om snags te loop!" waag sy 'n skoot in die donker en sien in sy oë dat dit tref.

"Fredatjie, toe jy klein was, kon jy aanhou en aanhou oor 'n ding totdat jy jou sin gekry het of jou ma jou met die slipper bygekom het. Nou is jy 'n vrou wat al oor die halfpadmerk is en jy is te groot vir die slipper en jy wil nie luister as ek sê my huis is nie in die mark nie. Nie vir 'n monument nie en ook nie vir 'n museum nie!"

"Met ander woorde, Pa staan sonder skaamte of skuldgevoel in die pad van dít wat hierdie dorp van vergetelheid kan red?" Sy gee skynbaar nie meer om of sy mooi praat of skree nie.

"Ja. Omdat ek die tailor van hierdie dorp is en as die tailor sal doodgaan."

"Dan huur ons vir Pa 'n ander plek."

"Mý pa was voor my die tailor onder hierdie dak. Julle kan vir julle museum 'n ander plek gaan huur," sê hy.

En hy weet dat die ding wat in Freda se kop is, nou soos 'n koors geword het wat moet breek of nie breek nie. As hy soveel as een sekonde ophou veg, gaan daardie koors nie breek nie; hy sal sy staan moet staan om sy plek te behou.

"Verstaan Pa dan werklik nie wat ek die afgelope paar dae aan Pa probeer tuisbring het nie? Pa se huis is van soveel kultuurhistoriese waarde dat 'n kenner van ou geboue spesiaal oor die langnaweek na Pa se huis wil kom kyk. Daar is geen ander gebou op hierdie dorp wat so geskik is vir 'n museum as hierdie plek nie. Dít is die belangrikste geboutjie op die dorp!"

"Wat van die huisies in Langstraat? Hulle staan ook van ek my verstand gekry het. Dit was ou tuishuisies van die boere en is omtrent die enigste sandsteenhuisies wat oorgebly het op die dorp."

"Daardie vier huisies word as dorpshuisies gerestoureer en hulle gaan stedelinge lok om hier te kom aftree. Pa se huis is heeltemal 'n ander ding, hy word vir 'n museum gerestoureer om toeriste te lok. Sonder Pa se huis beteken die hele projek wat ons beoog, niks. Kasselspoort staan op die vooraand van groot dinge en Pa eien Pa die reg toe om alles te blokkeer!"

"Ek eien my net die reg toe om my eie dak oor my kop te hou sodat dit nie vir my nodig sal wees om onder die bakkrans agter die slagpale te loop intrek nie."

"Nou is Pa kinderagtig!"

"Freda, Pa kan nie vanmôre verder met jou redeneer nie. Daar lê dominee se twee broeke wat moet kleiner kom en die landdros se baadjie waarvan die moue moet korter. Die mense is haastig met die goed."

"Zerk sal Pa R6 500 vir die plekkie gee. Dis meer as wat Pa op enige vendusie sal kry."

"En daar lê nog twee skoolbaadjies ook wat deur is op die elmboë."

"Kan Pa raai hoeveel oudhede al uit hierdie dorp en distrik weggedra is deur vreemdelinge? Dis ons plig om te red wat daar nog te red is! Tant Annie Stoffel het gesê sy wens 'n museum wil uit haar huis kom vat wat hulle wil hê; sy is oud en sy het niemand om dit aan na te laat nie."

"Ek dog dan jy sê hierdie museumstorie van julle is so 'n vreeslike geheim?"

"Dit is. Sodra Pa tot insig kom, kan ons tant Annie keer

voordat die goed na buurdorpe se museums gaan. Dan kan ons die hele projek bekend maak."

"En julle glo regtig mense sal die dorp binneval om na nóg 'n paar ou potte en panne en wakiste en kersblakers te kom kyk?"

"Nie net na die inhoud van die museum nie, maar ook na die eksentrieke ou huisie waarin dit versamel is. Die mense sal in die dorp oornag, geld bestee en vriende gaan vertel wat hulle gesien het. En die Raubenheimers en Joos Jakobs sal daarvoor gesorg het. Nie Petronella van Aarde nie, nie dokter Snyman of Susan van Graan nie, maar óns!"

"Freda," waarsku die ou man met erns, "die mens kan nie vir homself eer op aarde versamel nie. Alleen voor God."

"Hulle is besig om 'n ouetehuis op Coeniesbaai te bou," is al antwoord wat hy kry. "Woonstelletjies. Luuks en op die see. Dit behoort oor 'n jaar klaar te wees, en as Pa nie gelukkig is in die ouetehuis op Krugersdal nie, kan ons vir Pa daar plek kry. Zerk het al die kontakte."

"Hy kan hulle maar spaar. Ek gaan nêrens heen nie. As ek Coeniesbaai toe gaan, sal dit wees om my ou niggie te gaan opsoek. Ek wil juis vir Dennis sê ek sal hom die petrol gee, dan moet hy my een Sondag soontoe neem. Drie jaar laas wat ek 'n bietjie by die see was."

"Ek sal sê hy moet Pa neem en dan kan julle sommer gaan kyk waar hulle die plek bou."

Die wraak kom jou nie toe nie, en ook nie die verwyte nie, preek Petronella vir haarself terwyl sy 'n bietjie tee maak vir die naar kol op haar maag.

Sy het Koos Nel en sy geselskap in die veld agtergelaat en huis toe gekom. Koos weet sy weet en dis genoeg. Die hoekoms en die waaroms sal later blyk. Nie vandag nie. Sy moet iets in haar maag kry en af dorp toe. Sy moet by Abraham aan om te gaan hoor of meneer Hartswater iets laat weet het van die boor en dan moet sy na Zerk toe. Kan nie anders nie.

"Ek is jammer om jou weer te pla, Zerk," sê sy toe sy kort ná elfuur voor sy lessenaar gaan sit.

"Waarom het jy die arme ou Koos so ontstel, Petronella?" vra hy nuuskierig. "Nadat jy so haastig daar weg is, kon hy glad nie verder nie – jigaanval of iets gekry en ons moes hom tot onder by die motor help. Waarom het jy vir hom gesê klippe loop partykeer in die nag?"

"Ek is nie hier om oor Koos te gesels nie, Zerk. Ek het kom hoor van Hannie."

"Moenie vir my sê jy het nou nog niks omtrent Hannie gedoen nie!" sê hy geskok.

Mens sou sweer ek is 'n kind wat verbrou het, dink Petronella.

"Ek kan aan Hannie se saak niks doen voordat ek weet wat Hannie se saak is nie. Daarom sit ek hier en daarom vra ek jou om my te sê wat jy weet wat ek nie weet nie."

Ek sal dringend met my verbeelding 'n plan moet maak, besluit Petronella toe hy haar nie antwoord nie. Dis al of ek die laaste tyd in elke roersel 'n spook wil sien – soos op hierdie oomblik in Zerk se gesig, omdat hy my aankyk asof ek 'n skaap is.

"Ek is bevrees jy sal moet opdrag gee dat Hannie ontslaan word," sê hy uiteindelik.

"Is jy nou verspot?" Sy skrik.

"Inteendeel. Ek het bewyse dat Hannie uit haar werk uit praat, dat Hannie die waterstorie uitgebring het nog voordat ons die middag vergadering gehou het. Jy weet wat dít tot gevolg gehad het."

"Ja. Jy het jou telefoon uitgetrek en ek en Abraham moes die hele aand please explain."

"Hoe gouer jy haar laat ontslaan, hoe beter!"

"Ons kan dit nie doen nie," weier sy botweg.

"Nie? Maar dan maak jy jou mos ook skuldig aan die oortreding van 'n duidelik omskrewe regulasie. Dit sal nogal 'n pragtige koerantopskrif wees: Burgemeester verdoesel onreëlmatighede!"

"Luister, Zerk Raubenheimer, jy weet net so goed soos ek dat daardie huis nie sonder Hannie se inkomste kan byhou nie. As ons Hannie afdank, beteken dit in die eerste plek dat haar broertjie nie 'n week langer aan die kollege sal kan bly nie. Sý betaal vir hom. En daar is nog drie van die tweede pa in die skool!"

"Petronella," waarsku hy, "as jy met sentiment 'n onreëlmatigheid wil toesmeer, gaan jy jou vasloop waar jy nie kan uit nie."

"Kan jy jou die reaksie op die dorp voorstel as ons Hannie moet afdank?" vra sy en maan haarself om nie haar humeur te verloor nie. Zerk Raubenheimer probeer haar in elke moontlike hoek in dryf en sy sal moet kalm bly om daar uit te bly. "Dit sal nog gouer as die waterstorie deur die dorp trek en die mense sal ons stenig. My heel voor."

"Dit wys jou maar net hoe min mensekennis jy het, Petronella." Hy glimlag. "Die mense sal die skandaal verwelkom en geniet! Binne 'n week sal 'n hele paar sterte bygelas wees om die Hannie-saak nóg meer opwindend te maak. Die paar wat jou sal stenig, sal in die minderheid wees."

Hy't reg, besef Petronella skielik. Dis vreeslik, maar hy het reg.

"Ek sal met Hannie praat," belowe sy vinnig. "Jy kan van een ding seker wees: as ek klaar gepraat het, sal dit net so goed wees haar mond is toegeplak. En sy sal baie goed weet dat as ons haar sou afdank, sy nie maklik 'n werk in hierdie dorp sal kry nie, en as sy een kry, nie teen die salaris wat sy darem al teen hierdie tyd by die munisipaliteit verdien nie."

"Met ander woorde, jy weier om haar af te dank?" vra hy.

Voor sy antwoord, weet Petronella dis 'n slagyster. Maar omdraai kan sy nie. "Ja. Ek weier," sê sy.

"Goed. Dit beteken dan dat die stadsklerk of een van die ander raadslede verplig sal wees om dit onder die aandag van die Administrateur te bring dat jy 'n onreëlmatigheid verdoesel."

Dit voel meteens vir Petronella of al die spanning van die afgelope weke – die waterkrisis, ou Koos se onverstaanbare daad, Zerk se houding, Talia – of alles skielik in haar saambondel en uit haar woed sonder keer.

"Zerk Raubenheimer," sê sy onbeskaamd, "na die duiwel met jou! Bél die Administrateur, bel hom op hierdie oomblik as jy 'n tiekie se durf het, bel hom en sê vir hom Petronella van

Aarde weier om Hannie af te dank omdat sy glo die saak kan op 'n beter manier opgelos word. Sê vir hom jy moet elke moontlike kans probeer benut om my uit die stoel te kry, sê vir hom jy's besig met 'n kat-en-muis-speletjie – Petronella van Aarde is die muis en jy's die kat, al probleem is dat Petronella nie 'n fool is nie! Dat jy 'n bietjie sukkel om die stoel onder haar uit te kry. Bel hom en sê vir hom net wat jy wil en krap om net soveel as wat jy wil en dan kyk ons wie kom anderkant uit!"

Haar hele liggaam is lam toe sy in haar motor klim. Om te dink ek het dit aan my liggaam en siel gedoen, verwyt sy haar. My lewe lank vir ander gesê: bly kalm as jy teëspoed kry, die een wat beheer verloor, is die een wat verloor!

Dan kom sy agter dat sy die motor aan die gang probeer kry met die posbus se sleutel . . .

"Joos, maak vir my iets om te drink. Asseblief," vra sy toe sy uitgeput gaan sit.

"Wat is dit dan nou, Petronella?" skrik ou Joos.

"Mens, ek het my nou so vererg vir daardie skoonseun van jou dat dit vir my voel ek kan my tong afbyt!" En dan sien sy hy lag. "Ek is darem bly om te sien jý dink dis 'n grap!"

"Petronella, ek het sommer lus en maak vir jou twee koppies koffie. Die mens wat hom vir Zerk erg, het baie moed."

In die kombuis praat hy mooi met haar: "Petronella, leer nou vandag baie dinge by my van my skoonseun. Ek kom al jare lank met hom klaar. Zerk is nie 'n bobbejaan nie, hy dink maar net die meeste ander mense is bobbejane, en hy is nogal baiekeer reg ook. Solank jy dom dinge doen, sal hy jou vergewe, want hy reken mos nou jy is 'n bobbejaan. Verstaan jy? Maar die dag as jy 'n slim ding doen wat hý nie goedkeur nie, daardie dag loop jy jou vas. Jy kan slim wees as hý gesê het hoe, nie anders nie."

"Maar ek kan my mos nie sit en onnooslik hou in die stoel nie!"

"Ek weet. En moenie vir my vra wat jy moet maak nie, want dit weet ek ook nie."

Dis koel in die skemer kombuisie. Dis of daar uit ou Joos 'n sekerheid kom wat haar help om innerlik te verstil, en ná 'n rukkie kan sy kalm sê:

"Ek het regtig nie geweet dis só belangrik vir hom om burgemeester van Kasselspoort te wees nie. Dink jy ek moet dan maar bedank, Joos?"

"Nee. Want dit sal net een probleem oplos: Zerk s'n. Met alle eerbied en respek, 'n plek soos hierdie kan nie sonder genade geregeer word nie, Petronella. En Zerk sal sonder genade regeer, en daarom sal jy maar moet uithou solank jy kan."

"Ja."

"Jy sien, Petronella, Zerk is op 'n gevaarlike leeftyd," sê ou Joos met 'n vreemde wysheid wat sy nie in hom sou gesoek het nie.

"Hoe bedoel jy nou?"

"Het jy nog nooit agtergekom hoe die slimmer manne hier van hul middeljare af skielik nuwe lewe kry nie? Let maar op. Hulle breek op 'n dag skielik los en word sommer die dorp se beste gholfspeler – ek dink nou aan dokter Chapman destyds – of begin lol met 'n ander vrou – onthou jy Charles Brink? Of hulle pak 'n nuwe werk aan of word burgemeester en regeer 'n dorp."

Ek het die ou man onderskat, dink Petronella. Mens dink hy kyk net heeldag teen 'n naald en gare vas, maar dit wil voorkom of hy baie dinge dink terwyl hy dit doen . . .

"Joos," kry sy 'n ingewing. "Hoe 'n soort mens is Koos Nel?"

"As jy my nou gevra het wat Koos se grootste ideaal is, kon ek jou dalk 'n aanduiding gegee het. Kry vir jou suiker."

"Dankie. Wat ís sy ideaal?"

"Om Krisjan terug te betaal vir Gertruida wat Krisjan destyds by hom afgevry het."

"Kom nou, Joos! Dis mos darem nou ou geskiedenis. Hy kan tog nie nou nog daaroor voel nie."

"Hoe't Dennis vanoggend gesê? 'n Mens se verlede is soos 'n skaduwee, dit bly jou altyd by. In Koos Nel se hart is daar oorlog teen Krisjan Boonzaaier. Onthou dit. As Krisjan hoes, moet Koos harder hoes, as Krisjan spring, wil Koos hoër spring. Dit gaan al jare aan en Koos verloor al jare lank en kom dit nie agter nie. Op die oomblik is dinge redelik gelyk en Koos is redelik gerus, maar oppas vir die dag as daar weer 'n verkiesing gehou word en die moontlikheid ontstaan dat een van die twee kan uitval."

Dit voel vir Petronella daar is lig waar dit donker was. Nuwe moed kom in haar op en 'n gerustheid daarmee saam: Joos Jakob kan vir haar oneindig baie beteken.

"Hoekom kom Talia terug, Petronella?" vra hy onverwags.

Dis vreemd, dink sy, waarom sou hy nou 'n onderwerp aanroer wat vyf jaar lank op die verbode lys was?

"Sy wil aan 'n kleiner skool onderwys gee."

"Glo jy dit?"

"Kyk, Joos Jakobs, moenie dat ek my nou vandag vir jou ook erg nie. Talia is nie 'n bobbejaan nie!"

"Dis soos ek ook gedink het."

"Wat bedoel jy daarmee?"

"Sy sal darem seker nie terugkom om Dennis te kom straf nie."

"Jy mag van jóú geslag af weet, Joos, maar van my geslag weet jy maar min."

"Dis ook waar, ja . . . Hou jou koppie vir nog 'n bietjie koffie."

Meneer Ledoux in die voorste kamer, werk Freda haar strategie vir die langnaweek uit. Helen Scoombie in die kamer langs Dennis. Nee. Dis te opvallend. Maar meneer Ledoux móét die kamer met die badkamer hê. Zerk sal so gou as moontlik 'n derde badkamer móét aanbou. Van Dennis by die huis is, lol dit in elk geval as Christel en haar man ook hier is . . . Helen Scoombie kom van Vrydagmiddag af, meneer Ledoux van Saterdagoggend af . . . Vrydagaand tongvis met bottersous en slaai. Piesangskuimtert vir nagereg. Saterdag se middagmaal is nog 'n probleempunt. Saterdagaand: braaivleis; die Snymans moet genooi word, die nuwe bankbestuurder en sy vrou. Nee. Die vrou is glo 'n bietjie grof, sê Doris Snyman. Liewer by 'n later geleentheid wanneer minder op die spel is. Die landdros en sy vrou. Beslis. Die Jouberts. Beslis. Hilda Joubert se stinkhoutriempiesbank is 'n móét vir enige museum.

Sal dit nie wonderlik wees as Pa vóór die langnaweek kop gee nie, droom Freda 'n oomblik. Dink net wat 'n gulde geleentheid Saterdagaand sal wees vir 'n aankondiging, 'n openbaarmaak van hul planne!

Dennis en Helen Scoombie kan Saterdagmiddag gaan tennis speel terwyl sy en Zerk saam vir meneer Ledoux die huisies gaan wys. Eers die Langstraat-huisies, dan die beste laaste . . .

Die Woensdag voor die langnaweek eers kom Petronella by háár voorbereidings uit. Daar was net nie tyd om vroeër daarby uit te kom nie, en die dae wat verby is, wens sy ook nie terug nie.

Sy slaan die biblioteekboek oor vegetariese geregte oop. Nagemaakte wors. Een koppie geweekte droë boontjies . . . broodkrummels, eier. Ag nee. Hoe sal dit dan nou smaak?

Hannie wou eers eiewyslik stry, sommer van die skrik.

Gevulde komkommer. Dis nog te vroeg vir komkommers.

Gevulde eiervrug. Wat jy waar op Kasselspoort gaan kry? Wat gaan sy die man gee om te eet? En sy is so diep in die skuld by hom. Abraham wou nog keer nadat Alwyn Hartswater gebel het om te sê die kanse is goed dat hulle die boor onmiddellik kan kry, toe bel sy al.

"Dis dinge waaroor daar in triplikaat in swart op wit aansoek gedoen moet word, Petronella!" wou hy weer al wat 'n kanaal is, byhaal.

Sy het haar nie laat keer nie. "Ek sal sommer in triplikaat bel."

Vegetariese gebak: macaroni, broodkrummels, tamatie . . . Wat gaan sy die man gee om te eet?

Aartappelnessies. Sampioengereg. Paddastoel sal maar net 'n paddastoel bly.

Die boor sal Dinsdag hier wees. Die Here is goed.

Aartappelsop. Die man is nie siek nie.

Sy het vir Talia geskryf van meneer Hartswater en gesê hy kom die naweek . . . Wonder of Abraham gekyk het dat die aangeleentheid van die straatveër op Dinsdag se agenda is . . . Baie dinge volgende week.

Nagemaakte hamburgers. Die man kan mos nie die hele naweek net brood eet nie!

Hoekom is Zerk so stil oor die eeufees? Sal moet kyk dat Abraham dit ook op die agenda sit.

Droëvrugtegereg. Broodkrummels. Genade, hoe gaan sy iets in sy maag kry? En die naweek is lank.

Darem snaaks hoe skuldigheid homself kan verraai; die hele week ou Koos nie met 'n oog gesien nie. Toe maar, sy sal hom volgende week aankeer. Vabond!

Sy het vir Talia geskryf om haar tennisklere saam te bring; sy en meneer Hartswater kan lekker gaan tennis speel . . .

6

Hans Houtman kom gee die briefie net ná twee-uur die Vrydagmiddag by die kantoor af.

"Joos het gesê ek moet dit in jou hande gee, Dennis."

"Dankie, oom Hans."

Toe kom vra die een tikster of sy 'n bietjie vroeër kan loop, hulle wil nog Kaap toe ry vir die langnaweek. En sy twee-uur kliënt is daar. Die gevolg is dat hy die koevert eers ná vier oopmaak.

Beste Dennis, in die ou man se waardige handskrif: *Ek sê maar net dat ek vir 'n paar dae weggaan ingeval jou ma dalk die polisie op my sit. Oupa.*

Hy lees die briefie 'n tweede keer om seker te maak dat hy reg verstaan het. Hy verwens homself dat hy dit nie onmiddellik gelees het toe Hans dit kom gee het nie!

Maar dalk is hy nog nie weg nie. Dennis sluit die kantoor en stap in die straat af tot by die ou man se huis. Iets is baie vreemd. Die luike is voor en agter toe en dit is baie duidelik dat hy reeds weg is. In al die jare kan hy van een of twee keer onthou dat oupa Joos gaan kuier het by 'n broer van hom wat êrens naby die Kaap gewoon het. En die keer toe hy na die broer se begrafnis toe is.

En hoekom laat weet hy op só 'n manier dat hy vir 'n paar dae weggaan. Hoekom vir hom en nie vir sy ma nie? Met wie het hy 'n geleentheid gekry? Daar is nie Vrydae 'n bus wat vertrek nie . . .

Die beste sal wees om dit vir eers maar nie by die huis te loop sê nie. Daar is alles in elk geval so bedrywig vir die naweek se gaste . . . Iewers broei iets. Wat? Wie is die meneer Ledoux en hoekom is sy koms so belangrik? Sy ma sal nie eens agterkom sy oupa is weg nie . . .

Hy wens meteens dat hy in sy motor kan gaan klim en sommer net wegry. Helen Scoombie se oornooi vir die naweek word net 'n bietjie té veel onderbeklemtoon deur sy ma; so asof sy dit "slim" hanteer. Dis jammer hy het nie geweet sy oupa wil 'n paar dae weggaan nie. Hulle twee kon lekker vir die naweek iewers heen gegaan het.

Hy wonder of Talia al by die huis is . . .

Iewers broei iets. Daar is 'n opgewondenheid in sy ma wat in 'n mate ook in sy pa is. Verbeel hy hom daar word die afgelope tyd gesprekke beëindig as hy 'n vertrek binnekom? Hy wonder.

"Dank die Here dat jy veilig by die huis is, my kind," sê Petronella toe Talia so teen vyfuur se kant aankom. "Ma was so bekommerd oor al die verkeer op die paaie."

"Ek was nie. Ma weet mos hoe glo ek aan Ma se bid," sê Talia en gaan sit langs die kombuistafel waar Petronella besig is met die aand se kos.

"Moenie ligsinnig wees nie, kind. Hoe laat is jy daar weg?"

"Net ná skool. Ek het nie vinnig gery nie, die ou karretjie raak nou klaar. Ma moet darem weet hy het amper honderdduisend kilometer op."

"Ek het mos gesê ek sal vir jou 'n ander karretjie koop. Gaan soek nou een uit, dan koop Ma hom vir jou verjaardag."

"Dankie, Ma. Maar ek verwag regtig nie dat Ma weer vir my 'n motor moet koop nie. Ek het darem ook gespaar!"

"Ek weet. Maar ek wil dit doen, omdat ek weet jou pa sou dit graag vir jou gedoen het," sê Petronella en sny van die bolletjies by die koffie.

"Pa verjaar môre."

"Ja. Ek het vanoggend die blomme op die graf gaan sit; mooi angeliere en ek had nog ranonkels ook. Ek het sommer in my hart vir hom gesê ons sal nie môre kan bodder met graftes nie, dat meneer Hartswater hier sal wees en so aan."

"Ma!"

"Jou pa sal verstaan, Talia. Jy weet hy was 'n man sonder tierlantyntjies, en opregter as vele. As hy nog moes geleef het, sou hy darem bly gewees het jy kom weer huis toe."

"Sal Ma weer trou?" vra Talia onverwags.

"Nou hoekom vra jy my nou só?"

"Ek vra maar sommer. Pa is al twaalf jaar dood."

"Nee, ek sal nie weer trou nie. Vir party mense is daar net een liefde en nie meer nie."

"Hierdie meneer Hartswater van wie Ma sulke bladsye vol geskryf het . . . Ek neem aan hy is ongetroud en onverloof en dat Ma taamlik hoop koester dat hy 'n man vir mý kan wees?" vra Talia met 'n skelm laggie.

"Jy's verspot."

"Stry!"

"Ek het juis my verbeelding so mooi hok geslaan, en nou kom beskuldig jy my tog maar daarvan," sê Petronella gelate. Dis een ding van baie dinge waaroor sy die Here altyd dankbaar sal wees, dat daar eerlikheid tussen haar en Talia is. Behalwe die ding wat tussen haar en God alleen uitgemaak is . . . waarmee Dawid na sy graf is.

Sy wonder soms hoekom vrouens sê hulle is hul kinders se maats. Sy is nie Talia se maat nie; Talia kan honderde maats hê, sy is Talia se má.

"En Ma skryf toe hy eet nie vleis nie."

"Ja. En jy moet 'n bietjie kyk daar in die yskas hoe lyk wors wat nie wors is nie en hamburgers wat nie hamburgers is nie. Ek weet nie hoe leef die arme man nie!"

"En Ma sien kans om mý met hom op te saal?"

"Ai, Talia, enige ma sal seker maar bekommerd raak as haar mooie dogter nie 'n plan maak om 'n man te kry nie."

"Ek dog dan Ma is die een wat altyd sê die regte een sal êrens vasgemaak staan . . ." terg sy en smeer vir haar van die bolletjies.

"Ja, maar wat help dit hy staan vasgemaak en jy maak nie 'n plan om verby te loop nie? Ek sê nog jy het te veel geleerdheid. Wat wil 'n meisiekind met twee universiteitsgrade maak? En 'n man wil nie 'n té slim vrou hê nie; as ek jy is, laat ek glad nie dat meneer Hartswater agterkom hoe slim jy is nie. Hou jou 'n bietjie dom, my kind."

"Regte, egte botter! Net regte, egte mense soos Ma gebruik nog regte, egte botter. Dit klink mooi, nè?"

"Moet tog net nie begin dig nie, my kind, want dan kry jy nooit 'n man nie!"

Dit gaan 'n láng naweek wees, sug Dennis in sy binneste en kyk op sy horlosie: twaalf minute oor nege. As Helen Scoombie nog een keer giggel, skree hy saam. Genadiglik is sy in die loop van die aandete onherroeplik afgekeur deur Freda Raubenheimer. Daaroor kan hy nie help om te glimlag nie.

"Ek verstaan jou vader is kurator van een van ons vernaamste kultuurhistoriese museums in die land, Helen," het sy ma kort ná die aanvang van die ete gesê.

"Ja, mevrou. In Kimberley."

"Was hy altyd in die museumveld?"

"Vandat ek kan onthou. Dis aaklig. Toe ek klein was, het ek altyd gewens my pa was 'n polisieman."

"Jy het darem seker intussen van opinie verander?" het sy ma gepas geglimlag.

"Nooit! In my huis sal daar eendag nie 'n enkele antieke voorwerp wees nie. Verskoon my, mevrou, ek het niks daarteen dat ú 'n paar stukke het nie."

"Maar jy moes tog iets van bewaringsbewustheid van jou vader geërf het?"

"Sover dit mý betref kan hulle al wat 'n ou gebou is, platstoot en wegry, en saam daarmee al die ou draairot-meubels en komme en bekers ook!" het Helen parmantig volgehou.

"Ek móét met jou verskil," het Freda haar standpunt verdedig. "'n Dorp wat nie bewaar nie, is kultureel agterlik! Wat gaan jy eendag doen as jou kinders vir jou vra hoe ons voorgeslagte gewoon en geleef het?"

"Dan wys ek vir hulle foto's."

Einde Helen Scoombie. En dis nog maar Vrydagaand.

Hier is iets aan die broei oor restourasie of museumstigting. Ná ete het hy sy ma vir sy pa hoor sê dat Helen Scoombie van geen waarde is nie . . .

Ek moes dit geraai het, dink Petronella verslae en was die aand se hoop skottelgoed met drif. Dis 'n ou ding van Talia; 'n sin vir humor eie aan haarself van kleintyd af, en 'n nuk wat jou sonder waarskuwing in 'n ding kan beland. Sê haar 'n ding en sy vertolk dit opsetlik letterlik. Seker in sub A gewees toe dit die eerste keer gebeur het. Sy wat Petronella is, het die dag gehelp pak aan die rotstuin langs die huis. Dit was warm en op die middag het sy 'n rukkie gaan skuil in die kombuis om te rus. En soos 'n mens maar praat, sê sy vir die klein snip dat sy nou so moeg is dat sy kan doodgaan. Toe lui die telefoon en sy stuur haar om te hoor wie dit is, en toe sy weer hoor, toe sê die kind haar ma kan nie nou telefoon toe kom nie want haar ma is besig om dood te gaan in die kombuis.

Dit was die buurvrou. En as sy nie so moeg was nie, had Talia seker 'n pak slae wat sy sou onthou het.

En sal die meisiekind sowaar vanaand daardie nuk staan en uithaal! Hou haar so dom vandat meneer Hartswater sy voete in hierdie huis gesit het dat 'n mens sou sweer sy's agterlik.

"Wat op die aarde gaan met jou aan, Natalia?" het sy haar darem ná aandete eenkant gekry.

"Ma het dan gesê ek moet my dom hou." En dan leef daardie blou oë van die guitigheid dat geen mens vir haar kan kwaad word nie.

Wat nou daar binne aangaan, weet nugter alleen. Klink darem of die twee gesels . . . En dis so 'n goeie man.

Ná die aandete, toe die geselskap 'n bietjie yl word, sê Dennis so terloops vir sy ma dat ou Joos vir 'n paar dae weg is. As hy geweet het dit gaan só 'n reaksie ontlok, sou hy gewag het tot die volgende dag toe. Of glad nie gesê het nie. Dis of die nuus 'n opstand in haar losmaak wat geen redelikheid duld nie; 'n oomblik lank kry hy die gevoel dat net Helen Scoombie se teenwoordigheid haar van openlike histerie weerhou.

Dis weer eens duidelik dat hier iets aan die gang is waarvan hy niks weet nie en dat sy oupa se weggaan nie so onskuldig is as wat hy gedink het nie . . .

"Het jou pa geweet dat meneer Ledoux kom?" is een van die eerste dinge wat Zerk vra.

"Ek weet nie. Ja, ek dink ek het dit aan hom genoem. Gee my asseblief 'n bietjie brandewyn!"

"Wat het meneer Ledoux hiermee te doen?" wil Dennis weet toe hy na die drankkabinet toe stap.

"Vertel hom, Zerk." Maar dan val dit haar by van Helen en sy keer hom met haar oë. "Nee, wag 'n bietjie, bring vir my die telefoonboek, ek weet waar hy is. Ek sal hom bel en jy gaan hom vanaand nog haal, Dennis!"

"Waar?"

"Hy is by sy niggie op Coeniesbaai. Ek weet. Gee die boek!"

Maar Joos is nie daar nie. Ook nie by die neef op Krugersdal of by die broerskind nie. Dinge verveel Helen Scoombie en sy gaan slaap.

"Sal iemand omgee om vir my te sê wat aan die gang is?" vra Dennis die oomblik toe sy uit is.

"Vertel hom, Zerk. Vertel hom sodat hy kan verstaan in watse gemors Pa ons laat beland het."

Binne minute is baie dinge skielik baie duidelik.

"Bel meneer Ledoux en sê hy moenie kom nie," probeer hy sy ma tot ruste dwing.

"Ek kan nie! Hy is reeds vanoggend op Stellenbosch weg, hy slaap langs die pad by vriende oor. Zerk, wat gaan ons máák?"

"Ek weet nie. Ek weet egter een ding: jou pa het ons met 'n slim truuk omseil."

"Zerk, as Pa hierdie ding aan my gedoen het om van my 'n gek te maak, sal ek hom nooit vergewe nie. Maar hy gaan nie wegkom hiermee nie, ek sê julle dit. Ek gaan hom opspoor al moet ek môre die polisie inroep!"

"Dis die een ding wat Oupa gevra het dat Ma tog nie moet doen nie," keer Dennis en wens hy kan alleen wees om oor al hierdie dinge te dink.

"Pa het hierdie ding beplan, Zerk!"

"Kalmeer nou, Freda . . . Hy moet gelukkig weer terugkom."

"Wat van meneer Ledoux?"

"Ek sal 'n verduideliking bedink. Kom ons gaan slaap."

Halftwaalf maak Dennis sy kamerdeur toe en begin die stukke van die legkaart bymekaarmaak. Waarheen sou die ou man gegaan het? As hulle sy huis van hom wegneem, sal hy doodgaan. Kwyn.

Iets rym nie. Hy weier om te glo dat sy ma se ongenaakbaarheid tot aan die grense van wreedheid kan strek. Daar is 'n eienaardige obsessie in haar oor die ou man se huisie, en sy pa steun haar daarin. Hoekom? Goed, hy gee een ding toe: ou Joos se huisie is uiters geskik vir 'n museum; hy kan insien dat die plekkie bewaar behoort te word. Tot hiertoe is daar niks verkeerd met die hele idee nie. Maar alles moet geskied ten koste van Joos Jakobs. Van wanneer af keer hulle hom al vas? Van hulle van oorsee af teruggekom het? Natuurlik. Burgemeester. Restoureer. Eeufees. Dit vorm 'n sterk driehoek, en geen wonder die ou man het na 'n uitkomkans gegryp nie.

Waarheen ís die ou man, en met hoeveel kommer?

Die kamer voel meteens soos 'n tronksel. Hy moet uit. Vars lug kry. Loskom . . .

Aan die onderent van die agterste grasperk gaan sit hy op sy hurke en steek sy pyp op. Die donker word minder donker; 'n entjie voor hom in die struike ritsel 'n nagtor of 'n muis; die krieke roep naby en ver en saam met hulle die hele dorp se paddas. Dis 'n mooi nag. In die ooste kom Orion op.

Sou die arme ou man werklik dink hy kan wen deur 'n paar dae weg te hardloop? Weghardloop is soms 'n goeie ding, maar dan moet jou weghardloop absolute sekerheid van resultate inhou. Waarborge hê. Nie net tyd wen nie, nie net realiteite verdoesel nie.

In homself lê 'n soort weghardloop en wag: die keuse tussen bly of weggaan wat gemaak moet word. Tot 'n paar uur gelede het hy geglo dat Talia vir hom duidelikheid sal kan bring, dat hy haar êrens in hierdie naweek moet sien. Té dikwels behou 'n mens 'n prentjie wat met ou emosies ingekleur is en kom tot ontnugtering as jy uiteindelik voor die werklikheid staan. Maar nou is Talia nie meer alleen-komponent in bly of weggaan nie. 'n Verantwoordelikheid teenoor Joos Jakobs het bygekom. Die ou man staan vasgekeer – alleen. Dít is die wreedste vorm van vaskeer. Hy weet.

Die volgende môre word Petronella voordag wakker van 'n gewerskaf in die kombuis.

"Het ek Ma wakker geraas?" vra Talia verskonend toe Petronella die middeldeur oopmaak.

"Ek het wakker geword en gehoor hier is iemand in die kombuis . . ." Dan sien sy op die kombuiswekker hoe laat dit is. "Kind, dis dan maar halfvyf!"

"Ons gaan Coeniesbaai toe vir die dag, Ma, en ons wil sonop al op pad wees na die fonteintjies toe met die strand langs."

"Ek dog die man wil gaan bergklim?"

"'n Volgende keer. Vandag gaan ons see toe. Ek was lank laas Coeniesbaai toe."

"Ek sien," sê Petronella en gaan sit langs die tafel. "Eers praat jy nie 'n behoorlike woord met die man nie en toe kon julle gisteraand nie weer tot stilte kom nie."

"Toe maar, Ma," troos Talia met 'n laggie, "ek het vir hom gesê Ma het gesê ek moet my dom hou vir ingeval."

"Jy jok!"

"Hy verstaan, Ma. Hy sê sy ma soek ook maar so van tyd tot tyd vir hom vrou."

"Jy sal maak dat die man niks van my dink nie. Hy sal dink ek het hom onder ander redes genooi."

"Nee wat, Ma is verniet onrustig. Hy hou baie van Ma en hy sê hy het nog nooit so hard gehoop 'n dorp kry water soos nou nie."

"Regtig?"

"Ja, Ma. En moet nou nie dat Ma se verbeelding op loop sit as ek sê Alwyn Hartswater is 'n goeie man nie!"

"Talia, is dit nie van die ou kaas wat jy daar op die brood rasper nie? Daar's vars kaas onderin die yskas. En hy hou nie van die kaas so dik op sy brood nie. En jy moet maar twee flesse koffie maak, hy kan koffie drink soos jou oorlede pa. En vat 'n paar tamaties, en . . ."

"Ma!" keer Talia. "Beteuel Ma se verbeelding! Ons gaan nie op 'n eettog nie. En die pad na sy hart loop nie deur sy maag nie!"

"Waarlangs loop dit dan?"

"Kan ek vir Ma 'n bietjie koffie skink?"

"Dankie. Hou jy van hom?"

"Ma lees te veel liefdesverhale. Beskuit?"

"Dankie, dis lekker om so vroegoggend bedien te word."

Ná hulle weg is, gaan lê Petronella weer en dink haar oggenddinke. Oor twee sake keer sy egter die dink: oor Talia en Alwyn Hartswater, en oor munisipale sake. Dié moet rus tot Dinsdag toe. En om 'n kind se lewe vooruit te bedink, is later net lugkastele van jou eie verbeelding bou. God sal lei waar Talia moet loop.

Oor een saak het daar darem 'n bietjie lig gekom: die man eet vis. Dis 'n uitkoms.

Sy lê 'n bietjie later as gewoonlik en gevolglik is dit óór nege toe sy vir haar 'n eier in die pan wil gooi. Maar toe klop iemand aan die voordeur en sy trek die pan eenkant toe.

Dis Dennis.

"Môre, tante."

"Môre, Dennis. Is daar moeilikheid?" Sy weet onmiddellik dat dit nie 'n gewone besoek is nie.

"Ek weet nog nie, tante."

"Kom binne, ek is in die kombuis besig."

Sy loop vooruit en skop die duiwel ook vooruit. Vandat sy in die stoel gaan sit het, verwag sy elke keer moeilikheid as sy 'n Raubenheimer sien.

"Ek kom nou net daar van Hans Houtman af, tante," sê hy in die kombuis.

"O. Kan ek vir jou ook 'n eier bak?"

"Dankie. Hans sê tant Petronella was gisteroggend by Oupa."

"Ja, ek het 'n paar slaaikoppe by hom gaan haal."

"Het hy vir tante gesê hy gaan 'n paar dae weg?"

"Nee. Wat laat jou só vra?"

Hy vertel haar alles wat hy weet terwyl Petronella nog 'n plek aan die tafel dek, brood sny, koffie maak, eiers bak en elke woord inneem wat hy sê.

"Ek is genoodsaak om tante meer te sê as wat ek veronderstel is. Die hele restourasieprojek en museumstigting is 'n geheim, maar ek wil nie hê tante moet halwe redes hê vir Oupa se weghardlopery nie."

"Ja," sê Petronella en probeer om hom nie te laat agterkom

hoeveel ontnugtering in haar lê nie, hoeveel raaisels skielik antwoord het nie. Sy weet waar Joos is. Sy weet, maar sy kan dit nog nie vir Dennis sê nie, want sy moet eers seker maak dat sy reg het.

"En ek voel soos een wat in twee gekap is," sê Dennis. "Ma-hulle se idees hou groot moontlikheid in en terselfdertyd kan ek my net voorstel in hoe 'n hoek dit Oupa het. Daarby is ek besig om al meer bekommerd te raak. Hy is nêrens waar ons gedink het hy moontlik kan wees nie."

"Ja . . . Die ding is nie net 'n turksvy nie, dis 'n hele turksvybos."

"Toe ek by die huis weg is, het Ma begin om al die hotelle op die buurdorpe te bel. Uit pure desperaatheid, want sy weet eintlik dat hy nie daar sal wees nie."

"'n Desperate mens vang soms vreemde dinge aan," sê sy, en hy weet nie sy verwys eintlik nie na ou Joos nie.

"Toe oom Hans sê tante was ook gisteroggend by Oupa, het ek gehoop tante sou my meer kon sê."

Sy moet dink voor sy praat. "Elkeen sal maar seker sy vermoedens hê, en vermoedens is nie altyd reg nie . . . Kry vir jou brood. En jy luister verniet binnetoe, Talia is nie hier nie. En kom dat ons oor die ding besin: Joos Jakobs is nie 'n bobbejaan nie; as hy gedink het 'n paar dae weg hou die moontlikheid van uitkoms in, is dit niemand se reg om sy hoop van hom weg te neem nie. Laat hom wees waar hy is, laat die ou geboue-man die huis van buite bekyk en tevrede wees en laat jou oupa sy rus rus."

"Ek begin spoke sien, tante. Sê nou hy het iets oorgekom?"

"Los daardie spook. Joos Jakobs mag in sy nood 'n simpel ding staan en aanvang, maar jy weet net so goed soos ek dat hy nie 'n onverskillige ding sal aanvang nie."

"Seker nie." En ná 'n rukkie vra hy die vraag waarvoor Petronella die hele tyd wag. "Het Talia toe nie gekom nie?"

"Sy het gekom. Sy en meneer Hartswater – dis die geoloog wat vir ons die tekens vir die water kom wys het – is Coeniesbaai toe. Hy is ook vir die naweek hier by ons."

Die volgende oomblik wel 'n jammerte vir Dennis Raubenheimer waaroor sy geen beheer het nie in haar op. Sy weet sy skuld hom geen jammerte waar dit by Talia kom nie – genade miskien, maar nie jammerte nie – en daarom kry sy haar gevoel nie verklaar nie. Toe hy opstaan, is daar 'n stilheid in hom wat haar ook laat besef dat hy meer op sy gemoed het as Talia . . .

Ná hy weg is, gaan sit sy weer langs die tafel en dink van 'n kant af: burgemeesterstoel, eeufees, restourasie, museum. Een plus een is twee. Jy kan een plus een nekomdraai soos jy wil, op die ou end bly die antwoord twee. Vir Zerk en Freda om húlle som reg te kry, beteken dit dat hulle ou Joos se huis moet hê, en Petronella van Aarde uit die stoel. Sal hulle tevrede wees met een, of móét dit albei wees?

En haar vermoede omtrent Joos? Dit sal moet wag tot vanaand toe.

Kort voor meneer Ledoux se aankoms drink Freda Raubenheimer vir die tweede keer hoofpynpille.

"Die man sal verstaan, Ma," poog Dennis nog 'n keer om sy ma tot aanvaarding te kry, en vir die soveelste keer slaag hy nie daarin nie. Dit voel vir hom sy wíl nie aanvaar dat die ou man 'n eie reg het nie. By sy pa is daar immers openlike wrewel teenoor sy skoonpa – iets wat met een woord omskryf kan word. Maar die reaksie in sy ma is uit soveel verskillende emosies saamgestel dat dit hom bang maak.

"Meneer Ledoux sal genoeg kan aflei van Oupa se huis uit 'n blote buite-aansig," probeer hy maar weer.

"Jy weet nie waarvan jy praat nie, Dennis," sê sy ma koud. "Jou oupa se koppigheid is meer as net 'n paar dae se weggaan; dis 'n weiering om te aanvaar dat hy die blote ekskuus van 'n kleremaker geword het; dis 'n weiering om in te sien dat sy huis van die grootste belang vir hierdie dorp is. En wat my die hardste tref, is dat hy mý in nog 'n verleentheid ingestamp het."

"Miskien moet Ma-hulle die restourasie-idee 'n ruk uitstel."

"Nee! Dit is óns idee. Môre loop 'n vreemdeling daarmee weg en klop homself op die skouer terwyl dit mý pa se huis is. Waar is Helen?"

"Sy sit in die tuin."

"Loop speel asseblief agtermiddag met haar tennis, sy werk op my senuwees."

Petronella bedwing haarself die aand tot halfagt toe. Sy wou gewag het tot ná agt, maar 'n ding waarmee jy heeldag loop, wil later nie meer wag nie.

"Talia," loop sê sy in die sitkamer waar die twee televisie kyk, "Ma gaan gou so 'n rukkie uit."

"Waarheen gaan Ma?" vra sy presies wat Petronella gehoop het sy nie sou vra nie.

"Sommer gou iewers heen. Maak vir julle iets om te drink."

"Waar gaan Ma heen?"

"Ma kan jou nie nou sê nie," probeer sy loskom. "Kyk nou dat Alwyn iets te drinke kry."

"Ma?"

"Talia, moet nou nie staan en maak of Ma 'n bogkind is nie. Ma wil net oor iets gaan sekerheid kry. As ek 'n rukkie wegbly, moet jy nie bekommerd raak nie."

"Ek gaan saam."

Sal die kind dan nou nie meneer Hartswater ontsien nie?

"Talia, Ma het nie nou tyd om met jou te stry nie . . . Ag, meneer Hartswater, kyk tog nou dat sy bly waar sy is!"

"Kan ek nie vir tante gaan wegbring nie?" stel hy voor.

"Nee dankie, ek loop sommer."

"Hoekom kan Ma nie sê waarheen Ma gaan nie?" vra Talia onrustig.

"Omdat dit ander mense se sake is en omdat ek self nog nie eens seker is van wat ek doen nie."

"Ek gaan saam," sê Talia en staan op.

"Dan kan ek nie gaan nie." En Petronella gaan sit.

"Dis nagdonker, Ma, waar wil Ma nou heen?"

"Ek sal my kierie vat."

"En die mandjie, wat is in die mandjie?"

"Sommer die een en ander."

Dis amper halfnege toe sy uiteindelik wegkom. As een plus een twee is, is Joos Jakobs in sy huis. Een van die eerste dinge wat sy onthou het toe Dennis vanoggend sê hulle kry die ou man nie opgespoor nie, was die klomp brode op die kombuistafel toe sy gisteroggend die slaai loop haal het. En die blikkieskos. Goed, dis langnaweek, die winkel is toe, maar 'n mens maak nie sóveel ekstra voorsiening as jy van plan is om 'n paar dae weg te gaan nie. Aan die ander kant, ou Joos mag wel 'n paar dae weg wees en die goed saamgeneem het . . . Nee, dit voel nie reg nie. Mens sal nie sóveel brode saamneem nie.

"Naand, miss Petronella."

"Naand, meester Kortjé."

"Miss Petronella loop laat?"

"Kan nie vanaand anders nie."

As die waterkrisis eers agter die rug is, dink Petronella, is dit die eerste ding waarna sy moet kyk: die skakelkomitee tussen wit en bruin. Volgens die notuleboek is die komitee in die lewe geroep en niks verder nie. Zerk is nogal voorsitter.

Toe sy voor ou Joos se huis staan, besluit sy óf sy het die som oor Joos verkeerd gemaak óf die ou het hom behoorlik toegetronk in die plek. Nie 'n luik is eens op 'n skrefie oop nie, daar is nie 'n beduidenis van 'n skelm liggie nie. Die syhekkie is met 'n stuk draad toegedraai en sy sukkel haar hande seer om in te kom. Nee, dink sy, haar kanse dat haar vermoede reg is, word nou bietjie min: ou Joos sou nie die hek toegedraai het as hy by die huis is nie. En agter is alles net so toe soos voor. By die luik van ou Joos se kamervenster luister sy fyn. Niks. Gedink hy sal dalk snork as hy slaap.

"Joos!" roep sy sag, net ingeval. "Dis ek, Petronella, maak oop!"

Ook maar goed ek het nie vir Dennis gesê wat ek vermoed nie, dink Petronella. In hierdie huis is nie 'n lewende siel nie. Dis soos 'n grafkelder. Is hy nie dalk by Hans Houtman nie?

"Joos!" roep sy maar weer ingeval. "Ek weet jy's hier, maak oop!" As dit nou lig was, kon 'n mens miskien agterkom of daar 'n venster agter 'n luik oop is. 'n Man moet tog vars lug . . .

Die volgende oomblik draai die sleutel agter haar in die agterdeur se slot en sy skrik haar hoendervleis!

"Joos?" roep sy versigtig en tree terug tot amper in die wortelakker.

Hemel, sê nou dis nie Joos nie?

Dan gaan die bodeur versigtig oop en sy trap sonder omgee binne-in die wortels en hou haar kierie reg.

"Petronella?" Dis 'n onseker fluister-roep.

Dan had sy tóg reg.

Toe sy binne is, maak hy die agterdeur weer toe en sy moet voel waar die tafel is om die mandjie neer te sit.

"Maak lig, Joos!"

"Hoe het jy geweet ek is hier, Petronella?" vra hy onrustig en trek 'n vuurhoutjie. Bokant die vuurhoutjievlam is sy gesig geel en vreemd en ongeskeer.

"Genade, Joos!"

"Hoe weet jy ek is hier?"

Hy trek 'n tweede vuurhoutjie.

"Steek op 'n kers, of is jy bang om lig te maak? En hou op met kommer, niemand weet jy's hier nie."

Hy steek 'n kersstompie aan en Petronella sien die ou kombers wat oor die spykers voor die kombuisvenster gehaak is.

"Hoe weet jy ek is hier?" vra hy 'n derde maal.

"Ek het een en een bymekaargetel. Sit. Ek het kookkos gebring, want ek reken toe jy sal seker nie vuur maak nie."

Hy sê niks, hy kyk haar net aan. Ja-nee, dink Petronella, nes Dennis gesê het: vasgekeer. Sy hele wese spreek van vasgekeer!

"Joos Jakobs, dis 'n simpel ding wat jy nou hier aanvang!"

"Los uit my sake, Petronella, ek weet wat ek doen."

"Dennis het vanmôre kom sê wat aan die gang is. Hy het eintlik kom hoor of ek nie weet waar jy heen is nie. Toe onthou ek die brode en die blikkieskos en ek tel een en een bymekaar, maar ek het hom nie gesê wat ek dink nie."

"Petronella, werk sagter met die skottelgoed!"

"Dit lyk my jou senuwees is klaar daarmee heen, Joos. En dis nog maar Saterdag."

"Hulle was vanmiddag meer as 'n uur lank hier om my huis. Freda en Zerk en die man met die ander manier van praat."

"Los nou eers die mense en kry iets in jou maag. Hoe lank is jy van plan om weg te bly?"

"Minstens 'n week," sê hy kortweg.

"Eet."

"Ek kan nie, Petronella, dit moet verskriklik wees in 'n tronk."

"In 'n tronk is daar immers vars lug, en wie binne is, is immers skuldig. Vir wie en wat kruip jy weg? Vir jouself?"

"Moenie so hard praat nie!" vra hy dringend.

"En weet jy hoe soek hulle na jou?"

"Wat sê Dennis?"

"Wat kan hý sê? Dink jy miskien Freda sal vergeet van jou huis as jy lank genoeg wegkruip? Het jy skielik so dom geword, of was jy maar altyd so?"

"Dan is die ding van die museum uit, sê jy?"

"Nog nie op straat nie. Hulle wag vir jou."

Hy sê niks, krap net met die vurk in die kos.

"Jy kan maar uitkom, Joos. Dit sal nie help nie," sê sy.

"Nee!" Die oortuiging waarmee hy dit sê, laat haar skrik.

"Jy glo tog nie werklik . . . Kom nou, Joos!"

"Luister, Petronella, dis hierdie man, hierdie sogenaamde kenner van ou geboue, wat Freda se kop deurmekaar het. Laat hom kom en laat hom gaan, laat Freda nie kans kry om so aanhoudend te kom torring en torring nie, en jy sal sien sy kry end met die ding!"

Sy vat die bord voor hom weg. "Joos, jy het anderdag gesê ek moenie nou al opgee nie, kom ons wees nou vanaand eerlik met mekaar: dink jy nie ons het albei klaar verloor nie?"

"Ek het nie verloor nie en ek is ook nie van plan om te verloor nie. My huis is my huis, en klaar." Dan kom die onrus weer in sy stem: "Het iemand jou nie dalk hier sien inkom nie, Petronella?"

"Nee, Joos."

"Jy sê nie vir 'n sterfling waar ek is nie, hoor? Jy bring my nie uit nie, Petronella!"

"Ek sal nie. Maar ek moet vir Dennis sê, ek kan nie die verantwoordelikheid op my neem om alleen te weet waar jy is nie. Hy sal nie vir Freda sê nie."

"Seker nie."

Teen die Sondagoggend voel dit vir Dennis die naweek is weke lank. Helen Scoombie is besig om haar te verveel, Ledoux is 'n "restourasie" op sy eie en kan oor niks anders praat nie. Hy is gaande oor ou Joos se huisie en eweso oor die Langstraat-huisies. Die man vertrek gelukkig net ná middagete.

En dan?

Een ding weet hy: as die spanning in sy ma nie begin afneem nie, gaan dit tot 'n breekpunt kom. Ledoux het die vorms gebring en ingevul vir die proklamasie van die geboue wat gerestoureer gaan word. Almal word tot nasionale monumente verklaar. Alles is tot in besonderhede bespreek en beplan, en Freda Raubenheimer het nie een keer laat deurskemer dat daar probleme mag wees om haar pa se handtekening op die belangrikste vorm te kry nie. Ledoux stel voor die hele restourasieproses in die stigting van die museum word op film vasgelê en van tyd tot tyd aan die nuusmedia vrygestel. Kasselspoort kan dien as aansporing vir ander dorpies om intensief te begin bewaar. Ledoux reken die huisie van Joos Jakobs en die Langstraat-huisies behoort loshand klaar te wees vir inwyding tydens die eeufees. Dit sal die hoogtepunt van die eeufees wees en landswyd weerklink. Selfs die naam van die museum is klaar bepaal: Museum Joos Jakobs.

Die telefoon lui. Dennis kyk op sy horlosie. Halfsewe. Wie sou so vroeg op 'n Sondagmôre . . .? Oupa! Hy skrik vir sy eie voorspooksels en gooi die komberse van hom af.

Hy hoor sy pa gaan antwoord en wag.

"Dis vir jou, Dennis," kom sê hy by die deur.

"Wie is dit?"

"'n Meisie. Sy het nie gesê wie sy is nie."

"Ek trek net 'n kamerjas aan."

"Hallo," gaan hoor hy wie dit is.

"Hallo, Dennis."

Dis soos gister, dis soos eeue gelede, dis onwerklik. Dis Talia.

7

"Hallo, Talia." Dis onwerklik.

"Ek is jammer om jou so vroeg te pla. Ma wou nie self bel nie en sy moet dringend met jou praat. Sy vra dat jy so vroeg as moontlik hiernatoe kom. Dit staan in verband met die goedere wat Vrydag weggeraak het," gee sy die boodskap in kriptiese taal en hy hoor die ou-ou laggie in haar stem.

"Dankie," sê hy en voel sy hartklop teen sy slape.

"Tot siens."

En net hy bly aan die een kant agter. Dis of sy hand nie sy brein se opdrag om die gehoorbuis neer te sit, ontvang nie. Hy staan soos een wat wag om wakker te word . . .

"Wie was dit, Dennis?" vra sy ma agter hom in die gang.

"Sommer . . . 'n kliënt," sê hy verbasend normaal en sit die gehoorbuis terug.

"Op 'n Sondag? Dié tyd?"

"Ma weet mos hoe dit gaan. Gaan lê nog, Ma lyk bleek."

"Wat wou die persoon hê? Jou pa sê dis 'n vroumens."

"Sy het informasie wat ek nodig het. Hoe voel Ma se kop vanmôre?"

"Beter. Kom ons gaan maak koffie."

"Ek moet aantrek en uitgaan."

"Nóú?"

"Ja."

"Trek aan, ek maak solank die koffie."

Dis beter so, besluit Dennis terwyl hy skeer en aantrek. Dit sal my liggaam kans gee om die skok te verwerk en my verstand om normaal te funksioneer. Die oproep kan net een ding beteken: Petronella van Aarde weet waar sy oupa is. Sy was slim om Talia te laat bel. En dit voel nog steeds onwerklik dat hy minute gelede met haar kon gepráát het . . .

"Ek is bekommerd oor Ma," sê hy reguit toe hy die donker kringe onder haar oë sien.

"As die naweek net eers verby is, Dennis," sê sy moeg. "Die spanning is te veel, dinge moet nou na 'n kant toe. Bid tog net dat jou oupa Dinsdag terug is!"

"Ma," praat hy mooi, "ek kan insien dat hierdie restourasieplan van julle 'n groot storie kan wees, maar konsentreer op die Langstraat-huisies en moenie nou al Oupa se huis byreken nie."

"Sonder jou oupa se huis beteken alles niks. As ons die huis nie kry nie, stel ek nie verder belang nie! Dis hierdie dorp se museum," sê sy dringend. "Verstaan jy dan nie?"

"Ma kan nie die huis van Oupa afdwing nie, dís so eenvoudig en gekompliseerd as wat Ma se probleem is. Ek kry al die gevoel dat Ma nie nugter genoeg oor hierdie punt is nie."

"Ek weet wat ek doen," sê sy vinnig. "Al wat ek van jou en jou pa in die volgende paar dae vra, is om my te help om jou oupa te oortuig."

"Waarom is dit so belangrik, Ma? Afgesien van belangrik vir die dorp. Waarvoor die haas? Kan die dorp nie maar stilweg honderd word nie en die restourasieprojek meer stilweg aangepak word nie?"

"Nee."

"Ma is die laaste tyd so onbuigbaar."

"Jy sal nie verstaan nie."

"Wat verstaan nie?"

"Dinge. Dinge wat in ander se harte lê," sê sy met 'n vreemde bitterheid in haar stem.

As ek net 'n rukkie die draadloos kon aansit sodat ek die diens kan hoor, dink ou Joos. Mens sal van jou kop af gaan as jy lank genoeg opgesluit bly met net jou eie asem. Eers geskrik toe Petronella gisteraand by die venster praat, maar dis tog 'n verligting noudat iemand weet waar hy is; mens kan iets oorkom. Daar's nog van die vis wat sy gebring het, sal maar 'n stukkie gaan eet. Wonderlik hoe jy jou lewe lank in 'n huis kan bly en hom eintlik eers leer ken as jy in hom opgesluit is. Die groot krake ken jy, nou leer jy die klein krake ken: as jy by die kamer uit moet jy links trap om 'n kraak, ses vloerplanke vorentoe en dan weer regs, langs die muur af tot by die kombuis en dan 'n lang tree oor die laaste kraak. Hy het net voor die kombuisvenster en voor die slaapkamervenster 'n kombers gehang. Dis al waar hy kan waag om 'n kers op te steek.

Hy moes in die nanag uit om die slopemmer te loop uitgooi. Die rukkie buite was lekker, maar toe word hy bang die mense aan die onderkant kan dalk net . . .

As jy op jou tone staan by die regterkantste venster langs die voordeur, kan jy afdraand deur die hortjies sien tot so amper in die middel van die straat. Jy sien die karre se wiele. Dis maar stil so oor 'n langnaweek. Hy móét uithou tot die einde van die week. As dit Freda sal behaag, sal hy in sy testament laat inskryf dat die plek ná sy dood as 'n museum gebruik kan word, as hulle nog wil. As daar nog stoele en tafels en tjalies en waskomme oor is om uit te stal . . . Hans moenie vergeet om môre die tuin te kom natmaak nie.

Het daar nie nou 'n motor stilgehou nie?

Hy trap oor elke kraak tot voor die voorste venster. Dis 'n rooi kar. Sommer ander mense. Dominee sal ook wonder hoekom hy nie vanmôre in die kerk is nie.

Nadat sy hom klaar vertel het, sit hy lank voor hom op die mat en kyk en tik ritmies met sy vingers op die leuning van die stoel.

"Tante sê hy glo werklik hy sal op dié manier sy huis behou."

"Ja. Ek het jou mos gesê desperate mense doen soms snaakse dinge."

"En 'n mens voel om sy onthalwe magteloos en jy kan niks doen nie."

"Al wat 'n mens kan doen, is om maar snags te loop kyk of alles nog reg is. Sorg tog net dat niemand jou sien nie en loop agter om. Ek sal vanaand vir hom iets warms neem om te eet. En iets vir sy maag, hy kla sy maag is nie lekker nie."

"Ek sal vir hom 'n koerant gaan koop. En lekkers. Sê vir hom ek sal môreaand kom, ons het nog 'n naweekgas by die huis waarmee daar gesels moet word; my ma is moeg, ek kan nie van haar verwag om dit te doen nie. Miskien maak ek laat-aand daar 'n draai."

Onder in die gang gaan 'n deur oop. Petronella sien die vinnige beweging in Dennis se oë en voel in haar eie bors iets stywer trek.

Met haar hare nog deurmekaar van die slaap, sonder lipstiffie en sonder aarsel kom Talia binne en steek haar hand spontaan na Dennis uit.

"Hallo vir die tweede keer vanmôre!" groet sy gul. Soos iemand wat hom gister laas gesien het.

"Hallo, Talia."

Dis of hy ín haar in kyk, dink Petronella en haal haar oë nie 'n oomblik van hom weg nie. Wat sou in hom omgaan? En in Talia? Hoekom het sy nie haar hare gekam en haar eers 'n bietjie opgemaak nie? Of weet sy dat sy op haar mooiste is soos nou . . .

Maar geen mens kan uitstaan wat in Dennis Raubenheimer se oë lê nie, besef Petronella met 'n skok wat haar laat opstaan. Skuld, vrae, verrassing. Seer.

Here, lei ons almal en maak ons sterk, pleit sy binnetoe en draai weg.

"Verskoon my," sê sy. "Ek gaan solank kombuis toe."

"Freda," sê Zerk en vou sy arms teen die kussings onder sy kop, "ek lê nog vandat ek wakker geword het oor 'n ding en dink."

"Ek dink oor 'n duisend dinge," sê Freda langs hom. Ná Dennis weg is, het sy weer 'n bietjie kom lê.

"Dis die eerste keer dat 'n mens in hierdie naweek eintlik kans kry om dinge te oordink. Perspektief te kry. En elke keer kom ek by een verdagte wanklank uit."

"Helen Scoombie, ja."

"Nee. Jou pa se weggaan."

"Moet liewers nie daarvan praat nie. As ek net daaraan dink, begin my kop weer pyn, en ek moet opstaan om te gaan kyk dat dinge aan die gang kom vir vanmiddag se ete."

"Lê nog, dis nog vroeg. Die bediendes weet wat om te doen."

"Die arme Dennis wat so vroeg moes uit. Hoekom het jy nie gevra wie dit is nie?"

"Die persoon het so kortweg en saaklik gevra om met meneer Raubenheimer junior te praat . . . en ek was self nie mooi wakker nie. Maar ek wou eintlik meer gesê het oor jou pa se skielike weggaan."

"Asseblief, Zerk. Ek belowe jou ek sal Dinsdagoggend nog voor ontbyt by hom wees. Hy sal nie langer as die naweek wegbly nie. Glo mos al die jare die wêreld sal vergaan as die deur nie elke werksdag op die uur oopgaan nie. Ek is verbaas dat hy dit reggekry het om Saterdag toe te maak!"

"Freda, ek begin al meer wonder of jou pa ooit regtig uit hierdie dorp uit is . . ."

"Wat sê jy?" Sy kom verskrik regop.

"Wag nou, vrou. Dis 'n blote bespiegeling. Maar dink daaroor na en dan sê jy vir my of dit heeltemal so vergesog klink as ek sê hy kan dalk iewers ín hierdie dorp wees."

"Wáár?"

"Wag nou, Freda, moenie jou oor bespiegeling opwen nie. Ek noem net 'n moontlikheid. Wat van Hans Houtman se huis in die onderdorp . . ."

"Maar Dennis het dan loop hoor of Hans nie weet waar Pa is nie!"

"Moenie naïef wees nie. Veronderstel jou pa is by Hans-hulle, selfs by ou Krisjan Boonzaaier, dink jy hulle sal dit uitbring?"

"Ek verstaan wat jy sê," sê sy en voeg verslae by: "Hulle sal hom nie uitbring nie, my net agter my rug uitlag."

Dennis Raubenheimer dwing homself om kalm op te tree. Hoe dikwels het hy nie die afgelope tyd 'n herontmoeting tussen hom en Talia vooruitgeloop met sy gedagtes nie: kilheid en versigtigheid van haar kant af, openlike toenadering van sy kant af . . .

Nie 'n oomblik het hy hom die ontspanne Talia voorgestel wat oorkant hom sit nie. So natuurlik-vriendelik, half guitig soos altyd. Mooier en ryper. Dis of hy sy oë vyf jaar gelede toegemaak het, hulle skielik weer oopgemaak het en sy nog al die tyd oorkant hom sit. Asof daar geen seer tussen die twee oomblikke lê nie.

En tog.

"Hoe voel dit vir jou om terug te wees op Kasselspoort, Dennis?" wil sy weet.

"Ek kon nog nie finaal besluit nie. Mens kom eers ná 'n rukkie agter hoe ver jy eintlik weggegroei het."

"Snaaks dat ons albei weer terugkom, nè?" sê sy en dit tref hom weer eens dat sy dit so alledaags, so na niks, laat klink. Soos wanneer twee mense gesels tussen wie daar nooit van die diepste emosies gelê het nie . . .

"Dit is nogal," antwoord hy.

"Hoe gaan dit met jou suster?"

"Goed. Drie kinders. Almal seuns."

"Wonderlik! Sy het mos altyd gesê sy wil eendag net seuns hê."

"Dogters," help hy haar reg.

"O ja, dogters," sê sy.

Dis vreemd, dink Dennis. Talia kon altyd die kleinste dingetjie in die grootste besonderheid onthou. Sy en Christel was boesemvriendinne. Toe sy vra hoe dit met Christel gaan, het sy gesê "jou suster". Onpersoonlik.

Dan tref dit hom. Dit tref hom met soveel helderheid, so sonder twyfel dat hy 'n oomblik innerlik terugdeins: Talia sit 'n handuitsteek van hom weg . . . en tog is sy onbereikbaar ver agter iets wat sê: ek ken jou nie meer nie, ek onthou jou skaars.

En nieteenstaande die feit dat hy niks meer as dit verdien nie, slaan die weet êrens vas waar dit pýn.

Toe hy terugkom by die huis, is almal op en aangetrek en besig om ontbyt te eet.

En die een om die tafel wie se gedagtes die maklikste leesbaar is, is Helen Scoombie. Daar is nie meer 'n tydskrif in die huis wat sy nie 'n paar keer deur is nie of 'n stoel waarop sy nie gesit het nie.

"Jy het nie lus om ná ontbyt saam dam toe te ry nie?" vra hy haar. Dit sal hulle albei help om die dag om te kry, dink hy.

"Dankie, dit sal lekker wees." Sy klink verlig.

"Kliënt gesien?" vra Freda.

"Ja," sê hy en vind dit vreemd dat sy pa hom nie daarna uitvra nie. Het hy dalk Talia se stem herken? As hy het, hoekom sê hy dit nie?

Dit hinder hom dat hy in die dae wat voorlê óm die waarheid sal moet praat. Die een wat sê prokureurs is die beste leuenaars maak 'n onregverdige veralgemening: hy weier liewer 'n saak as hy die gevoel kry dat sy verdediging op leuens gebou sal moet word. 'n Punt waarop hy en sy pa nogal dikwels verskil. Vir Zerk Raubenheimer lê die uitdaging in die vermoë om 'n skuldige los te veg, maak nie saak met watter hulpmiddele nie.

Sou daar iets tussen Talia en die Hartswater-kêrel wees? Hy het die man ontmoet toe hy op pad was om te loop. Sterk persoonlikheid.

Hoe sou sy oupa die tyd omkry? Gelukkig sal tant Petronella kyk dat hy behoorlik kos kry en . . .

"Dennis!"

"Ma?"

"Meneer Ledoux het gevra of hy kan saamry dam toe . . . Dit wil voorkom of Dennis se gedagtes nog by sy vroeëmôrekliënt is!" maak sy ma vir hom verskoning.

"Jammer. U is welkom, meneer Ledoux."

Hy moet onthou van die koerant en die lekkers. Soos 'n kind oor lekkers. Hierdie ding moet na 'n kant toe! Skielik druis die wrewel in hom op. Dis onmenslik om 'n ou man tot so 'n wanhoopsdaad te dryf. En dit Joos Jakobs met sy trots. Sou hy darem 'n lig aansit?

"Dennis! Meneer Ledoux vra of jy vir hom 'n film het," sê sy ma en kyk hom met agterdog aan.

"Ekskuus tog. Ek dink ek het een."

"As Dennis Raubenheimer nie opskud met die koerant en die goed nie, loop ek daarsonder." Skemertyd raak Petronella haastig.

"Miskien neem hy dit self," stel Talia voor.

"Ons kan nie nou almal skielik gelyk daar staan aankom nie," sê Petronella. "Ons sal moet beurte maak, jy weet ou Mien oorkant die straat se oë is agter kafeevensters. Sy sien alles."

"Ek glo darem nie Dennis sal kanse waag nie, Ma."
"Seker nie. Waar is Alwyn?"
"Hy kyk gou na die program oor die moerasse."
Petronella kry die kans om te vra wat sy al heeldag wou vra: "En klop jou hart dan toe nie 'n ekstra klop toe jy hom vanoggend vir die eerste keer weer sien nie?"
"Ek het gewonder wanneer Ma gaan vra. Dit klink of daar nou 'n motor stilgehou het."
"Seker nou Dennis met die goed," sê Petronella en stap voordeur toe. Miskien was daar glad nie eers 'n motor nie. Sy het niks gehoor nie. Sommer Talia se sê om 'n antwoord vry te spring.
Maar daar ís 'n motor en dit ís Dennis.
"Gmf!" sê Petronella toe sy terugkom in die kombuis en die koerant en die lekkers by die ander goed in die mandjie sit. "Ek sien daar is 'n meisie by hom in die kar. Al 'n bietjie donker, ek kon nie uitmaak wie dit is nie."
Talia sê niks. Miskien het sy nie gehoor nie.
"Gee nou vir Alwyn van die tamaties by sy brood en van die nagereg wat oorgebly het. Ek loop nou maar."
"Is dit nie te vroeg nie?"
"Nee. Foei tog, die dag was seker bitter lank vir hom. Ek sal maar loop."
"Sê groete vir oom Joos. Sê ek kom kuier volgende keer."
"Ek sal sê."
"En Ma . . . hou op met wonder oor wat in my omgaan. Ek het Ma gesê, wat verby is, is verby."

Die strate is Sondagaandverlate; die kafee is vroeg toe, net 'n hond draal ruik-ruik oor die stoep.
Kyk net hoe vuil is die straat! praat die burgemeesteres in Petronella; by Dinsdag se vergadering sal hierdie ding saam met die straatveërstorie uitgepraat word.
Die hond skrik vir 'n plastieksak wat om 'n lamppaal waai.
"Joos!" roep Petronella saggies by die agterdeur. Sy hoor onmiddellik hoe hy opstaan in die kombuis en die deur kom oopsluit.
"Naand, Petronella."
"Naand, Joos. Wat sit jy so in die donker?"

Hy maak die deur toe en steek 'n kers op.

"Het jy mooi gekyk dat niemand jou sien nie?" vra hy onrustig.

"Ja, Joos. Daar is nie eens 'n siel in die strate nie. Hoe gaan dit hier?"

"Dit gaan, Petronella."

"Ek sien jy het darem geskeer. Ek het vir jou kos gebring."

"Nie so hard nie, Petronella!" fluister hy dringend. "Daar kan net 'n mens in die straat verbyloop, klank trek ver."

"Dennis stuur die koerant en die lekkers en baie groete. Hy kom miskien nog later vanaand of so nie môreaand vir seker."

"Wat sê hy?"

"Wie? Dennis?"

"Ja. Wat sê hy wat sê Freda en die man wat hier om my plek kom staan snuffel het?"

"Die man is glo gaande oor die plek. Ek het vir jou 'n bietjie gemmerbrandewyn gebring vir jou maag."

"Dankie. Gaan alles daar buite nog goed?"

"Ja. Waar hou jy jou glase?"

"In die kas agter jou. Moet net nie so raas nie, Petronella!"

"Lyk my jou senuwees is aan die ingee."

"Dis vreeslik, die stilte," erken hy. "Hier teen die latigheid het dit vir my gevoel ek kan die vensters oopgooi dat daar net 'n bietjie lig kan inkom!"

"Dè, drink."

"Dankie. Moet hier nie iets bygegooi word nie?"

"Daar is mos gemmer by. Drink net stadig."

"Wat van jou?"

"My maag makeer niks."

"Wanneer het jy Dennis gesien?"

"Netnou. En hy was vanoggend ook daar."

'n Rukkie sê hulle niks, dan vra hy met 'n onrustigheid wat hy nie kan wegsteek nie. "Jy sê die man is gaande oor my plek?"

"Ja. Maar vergeet nou daarvan. Jy kan nie hier opgesluit bly tot die einde van die week toe nie, kyk hoe lyk die plek al! Is jy bang om skottelgoed te was?"

"Wat van die water wat uitloop en die geraas?" sê hy en vra: "Het jy netnou gebel?"

"Nee, vir wat sal ek nou gebel het, ek weet mos jy's nie by die huis nie!"

"Ek wonder wie dit was."

"Joos," sê Petronella dringend, "jy moet end kry met hierdie wegkruipery. Ek wil nie met jou en Freda se sake inmeng nie, maar ek kan ook nie sien hoe jy . . ."

"Sagter, Petronella! Hulle hoor jou tot in die straat."

"Ek kan nie sien hoe jy met jou wegkruipery kan wen nie. Ek dink ek sal vir my ook 'n bietjie van die gemmerbrandewyn ingooi," sê sy en haal nog 'n glas uit die rak uit.

"Die goed is sterk, Petronella, gooi 'n bietjie water by."

"Ek sal van die vuil skottelgoed in die mandjie pak en by die huis gaan was."

"Ek sal regkom."

'n Motor ry stadig in die straat verby, en sy sien hoe hy luister en dan weer opstaan.

"Wat gaan jy maak as jy verloor, Joos?"

"Ek sal nie verloor nie. Freda verloor haar sinnigheid vir 'n ding as sy sien sy gaan nie haar sin kry nie. Ek sê jou. En dis al verweer wat ek teen haar het: tyd."

"Die goed is nogal sterk, nè?"

"Ek het jou gesê jy moet water bygooi, maar julle vroumense is almal eenders, eiewys en koppig en –"

Maar dan draai die deurknop agter hom en dis of 'n koeël hom tref. Sy lyf ruk om op die stoel, die bodeur gaan stadig oop en Freda staan halflyf in die skynsel van die kerslig. Haar oë blits oor die tafel, Petronella, Joos, terug na die tafel en die halfbottel gemmerbrandewyn. Sy stoot die onderdeur oop en kom sonder 'n woord binne.

Ou Joos sit soos een wat van skok verstar is. Selfs Petronella weet dat die skrik in haar eie oë bloot moet lê. Sy sien Freda se hande om die naaste stoel se leuning vaskramp.

"Dan sit julle nog soos samesweerders en suip!" sis sy die woorde woedend uit.

Joos se mond beweeg, maar daar kom geen geluid uit nie. En in die oomblik se verwarring doen Petronella 'n simpel ding: sy lig haar glas en gooi die brandewyn wat oor is in haar mond en sluk dit weg.

"Naand, Freda," sê sy.

"Jy sal nie hiermee wegkom nie, Petronella van Aarde! Ek belowe jou die hele Kasselspoort sal môre weet hulle engelrein burgemeesteres is dronk in 'n kombuis aangetref!"

"Fredatjie . . ." keer Joos hees.

"Bly stil, Pa!"

"Nou maar bel die polisie en sê hulle moet my kom verwyder, dan kry jy die storie sommer vanaand nog deur die dorp," sê Petronella en voel 'n eie woede in haar opstaan. "Jy sien nie jou pa is dood geskrik nie, jy dink nie daaraan dat hy iets kan oorkom van die skok nie, jy sien net nóg 'n kerf teen my! Staan soontoe dat ek vir jou pa 'n bietjie suikerwater by die brandewyn kry."

"Jy sit jou hande nie aan iets in hierdie huis nie! Jy vat jou goed en jy trap!"

Dan besef Petronella skielik dat Freda buite haarself van woede is, dat een verkeerde woord of selfs beweging soos 'n vonk in 'n hooimied kan wees. Sy moet loop en sy moet gaan hulp soek.

"Ma, ek gaan nie vir Dennis Raubenheimer 'n tweede keer op hierdie dag bel nie," weier Talia. "Kom sit, hoor hoe uitasem is Ma!"

"Talia, dis dringend! Zerk sal my stem herken, jy móét bel. Freda is by Joos."

"Wát?"

"Ja."

"Hoe het sy uitgevind?"

"Ek weet nie, bel net en sê hy moet soontoe gaan."

"Ja, Ma."

Maar Dennis is nie tuis nie. Hy is saam met 'n vriendin uit.

"En nou?" Petronella staan verslae.

"Nou maak Ma soos Ma altyd sê mens moet maak: jy hou jou neus uit ander se sake uit. Dis 'n Raubenheimer-krisis, nie 'n Van Aarde-krisis nie."

"Maar ou Joos kan iets oorkom!"

"Oom Joos sal dit oorleef, Ma. Dis sý oomblik van waarheid en niemand kan hom help behalwe hy self nie. Hy het geglo hy kan sy huis op hierdie manier behou, nou moet hy sy eie glo beproef."

"Ek het niks verder om te sê nie," sê ou Joos moeg en terneergeslaan. "Ek wou net hê jy moet weet dat Petronella en Dennis onskuldig is. Ek en ek alleen is verantwoordelik."

"Pa het dit dus opsetlik teen mý gedoen," sê sy bitter.

"Ek kon die ding oor my huis nie meer staan nie. Ek sê jou dan. Verstaan jy dan nie?" pleit hy magteloos. "Julle wil vir julle 'n monument staan oprig vir júlle aansien en my soos 'n hond uitsmyt. Wat moet van my word?"

"Niemand het van uitsmyt gepraat nie. Ons kóóp die plek by Pa en ons kry vir Pa 'n ander woonplek. Ek het gesê Pa kan later Coeniesbaai toe trek as Pa nie tevrede is in Krugersdal se ouetehuis nie."

"Ek gee nie my huis af nie," sê hy suf.

"Nou maar goed, Pa," sê Freda verbete. "Hou dan Pa se huis! Hou Pa se huis en wees dankbaar dat Pa nooit geweet het hoe dit gevoel het om as kind bespot te word omdat jy ou Joos Jakobs die kleremaker se dogter is nie!"

"Freda?" Hy skrik.

"Pa weet nie hoe dit was om in die eenvoudigste huis in die hoofstraat te bly en ná skool die oë op jou te voel as jy moet afdraai en die ander verbystap na die woonbuurt waar daar toilette in die huis is en nie 'n gemakhuisie in die agterplaas nie. Ek het nooit kom sê as ek dalk na 'n partytjie genooi was nie, want ek het geweet ek sou niemand anderdag kon terugnooi nie. Ons had mos nie 'n sitkamer soos ander mense nie, ons voorvertrek was Pa se werksplek. Toe ek kollege toe is, kon ek nie maats saambring huis toe soos ander kinders nie, want ons had nie 'n spaarkamer nie. Toe trou ek met Zerk en die spotters van skooldae sê agter my rug ek het in die botter geval. Ou Joos Jakobs se dogter . . . Ja, Pa huil nou, toe het ék gehuil! En ek het dinge skielik omgeswaai, vandag is Joos Jakobs se huis van die grootste kultuurhistoriese waarde op hierdie dorp. Dit sou as nasionale monument verklaar geword het, dit sou elke spotter wat nog in hierdie dorp en distrik en waar ook al woon op hulle neuse laat kyk het! Freda Jakobs, die uitgekoggelde tinker-tailor, sou die hele Kasselspoort gekén gemaak het deur middel van hierdie huis. Sóú. Ek soebat nie meer nie. Pa kan Pa se huis hou. Nag, Pa!"

"Freda?"

"Nag, Pa. Maak oop Pa se luike en hou Pa se huis!"

Hans die Skipper moet gevoel het soos ek nou voel toe hulle vir hom kom sê het die nuwe skuit het gekom, dink Petronella toe Hans Houtman kom sê die boor het gekom. Net so voor elfuur die Dinsdagoggend. Teen die middag lyk dit soos 'n vendusie teen die rantjie agter die kerk soos die mense gaan kyk na die opslaan; amper soos wanneer die sirkus kom.

Net voor twee-uur kom Abraham Moller ook kyk hoe ver hulle is en kry Petronella met die opgaan.

"Koos Nel sê onder hierdie klipaarde is óf niks óf net brak water," sug hy swaar die jobstyding oor.

"Hoekom loop jy en Koos Nel nie saam deur die see nie, Abraham?" erg Petronella haarself sommer ontslae van 'n klomp opgehoopte kommer. "Ek het hierdie boor en hierdie water in die hand van die Here gesit en as ek ou Koos is, hou ek in elk geval my mond. En as ek jy is, kyk ek dat alles baie reg is vir drie-uur se vergadering; die poppe het mos langnaweek gehou, tyd dat hulle weer 'n slag dans!"

Dis of Joos se oorwinning vir haar soos nuwe inspirasie is. Toe sy Maandagoggend bel om te hoor hoe dit gaan en hy sê alles is reg, was dit 'n groot ding van haar af; sy wil tog nie met Freda moeilikheid hê nie. Zerk is genoeg om te hanteer.

Halfdrie staan die boor en drie-uur open Petronella die raadsvergadering met danksegging.

Notule van die vorige vergadering, werkverslag. Korrespondensie: Sara Willemse kla oor Truida Heckroodt se hoenderhok. Dis nou die terugbetaal vir Truida se klagte oor die heining tussen hulle, dink Petronella. Sy sal laat kyk. Aansoek vir staanlig op onderpunt van Van Brakelstraat.

Eerste item op die agenda: Aanstel van nuwe straatveër.

"Menere," lei Petronella die kwessie in. "Soos almal weet, het ou Moos, ons troue straatveër vir meer as twintig jaar, afgetree op 'n welverdiende pensioen. Sy opvolger, Martin

Sieger, het ons intussen 'n bietjie vinnig verlaat. En hierdie saak bring ons by 'n ander saak: Kasselspoort se strate is vuil. En nie alleen vuil nie, maar ook vaal. Soos goed sonder plesier. Oor die vullis in die strate kan 'n mens net een ding sê, nie eens ou Moos kon in twintig jaar se tyd regkry om hulle skoon te hou nie. As hy bo begin in die Hoofstraat en onder by die garage kom, is die dag al amper om en agter hom al weer vuil. Om hierdie dorp se strate skoon te hou, sal 'n dosyn straatveërs beproef en ons begroting eweso. Daarom wil ek vandag 'n voorstel vra dat ons weer net een straatveër sal aanstel, maar dat ons sy taak vir hom aansienlik verlig. Ons beperk sy taak tot die middeldorp en in die res van die dorp vee elkeen voor sy eie deur."

'n Oomblik wil dit voorkom of hulle haar nie mooi gehoor het nie. Dan staan ou Koos op:

"Mevrou die burgemeester, jy kan vergeet daarvan. Die belastingbetalers sal soos bye op ons toesak, my Hessie die eerste van almal as sy moet hoor sy moet die straat voor ons deur vee!"

"Sê vir haar, as dit te veel is vir haar, sal ek háár deel ook kom vee," sê Petronella en wonder wat agter Zerk se glimlag wag.

"Ek dink dis 'n baie goeie idee," sê Krisjan.

"Dankie," sê Petronella. "En baie kan daaruit voortspruit, menere. As elkeen voor sy eie deur vee, kry hulle dalk sommer lus om 'n bietjie mooi te maak ook. Met die regte leiding kan ons 'n begin maak om van hierdie ou dorpie 'n prentjieboekdorp te maak. Ek weet ons sal nou nie al die blaaie ingekleur kry nie, maar halfpad is al ver. Ons kom nou-nou by die eeufees op die agenda, maar dink 'n bietjie hoe mooi dit sal wees as ons onse dorp aan die kant kan hê vir sy honderdste verjaardag. Laat ons ons nie vasstaar teen die bietjie teenkanting wat ons kan verwag nie, laat ons liewer dink aan die samewerking en hoe ons die klaers kan inspireer deur ons eie voorbeeld. Ek vra dan dat 'n sodanige voorstel gemaak word."

"Ek stel dit voor. Elkeen vee voor sy eie deur," sê Krisjan en loer na Koos, wat lus het om te brom.

Zerk sekondeer amper onmiddellik.

"Enige teenvoorstelle?" vra Petronella.

"Die mense gaan kwaad wees," mor ou Koos 'n laaste keer.

Petronella gee Abraham 'n rukkie kans om by te kom met die skryf voordat sy die tweede item op die agenda aankondig: die eeufees en verslag deur die voorsitter van die eeufeeskomitee, meneer Zerk Raubenheimer.

"Mevrou die burgemeester, mederaadslede," begin Zerk en staan op. "Die werk van hierdie komitee sal van hier af vorentoe eers werklik en intens 'n aanvang neem. Soos u sal verstaan, sloer sake van hierdie aard soms aan die begin as gevolg van kennis wat eers ingewin moet word. Dit is dan vanmiddag vir my 'n besondere groot voorreg om te kan aankondig en openbaar te maak dat 'n restourasieprojek aangepak word wat hierdie dorp tot groot voordeel sal strek. Tydens die eeufees sal ons nie alleen iets besonders hê om oor fees te vier nie, ons sal ook die besitters wees van nasionale monumente op eie grond. Gedurende die afgelope langnaweek het 'n kenner van ou, historiese geboue ons dorp besoek en ons verseker dat ons 'n paar kultuurjuwele het. Ten eerste sal ek die vier kliphuisies in Langstraat restoureer en laat proklameer."

"Hoor-hoor!" sê Johannes Vlok.

"Hoor-hoor!" sê ou Koos agterna.

"Wat meer is, mevrou die burgemeester," en Zerk kyk Petronella vas in die oë, "Kasselspoort sal kan spog met 'n eie museum in die grootste kultuurjuweel op die dorp: die huis van my skoonvader, Joos Jakobs. Hy het reeds sy volle toestemming daartoe gegee," sê hy trots.

Dit voel vir Petronella haar ore slaan toe.

8

"Nee, tante, moenie my vra nie want ek weet nie," sê Dennis mismoedig toe Petronella hom die volgende oggend kantoor toe bel. "Al wat ek weet, is dat Oupa Maandagoggend voor die deur gestaan het en kom sê het dat Ma die huis kan kry."

"Ek het my koud geskrik toe jou pa gister die aankondiging in die raad maak."

"Ek was Maandag teen die latigheid daar bo by tante om tante te kom sê, maar daar was niemand by die huis nie."

"Ek was 'n rukkie na Hannie se ma toe, sy lê weer met die bene."

"Sal tante nie asseblief by Oupa 'n draai gaan maak nie? Dit gaan nie goed nie."

"Ek sal."

Maar sy moet eers boor toe. Hulle sou ligdag begin boor het, het die man gesê. Krisjan is saam met Johannes daar bo en kom 'n bietjie nader toe hy Petronella gewaar.

"Hoe klink dit vir jou?" skree hy bo die geraas.

"Soos musiek, Krisjan! Hoe lyk dit?"

"Kan nog niks sê nie. As hulle eers deur die keerbank is, sal dit vinniger gaan. Lekker boor, sê ek jou!"

"Waar's Koos?"

"Nog nie met 'n oog gesien nie."

"As jy hom sien, sê vir hom ek wil hom dringend spreek."

"Ek maak so."

"En laat soek my as hier iets gebeur."

"Jy's te haastig, Petronella. Nie voor Vrydag se kant nie. En dit lyk my regtig ons ou dorpie kry lewe. Johannes sê Zerk sê die man van Stellenbosch het gisteraand gebel, daar is twee afgetrede pare wat belang stel om van die Langstraat-huisies te huur nadat hulle gerestoureer is."

"So?"

"Ja. En Johannes sê hulle begin Maandag werk by die plekke. Die verandas wat later aangebou is, moet glo afkom."

"O. Ek moet nou eers loop."

Onder in die dorp twyfel Petronella 'n oomblik of sy eers na Joos toe moet stap of eers moet gaan kyk of Abraham al begin het met die kennisgewings wat moet uit oor die straatveëry. En of hy al die Afdelingsraad gebel het om te vra dat die gesondheidsinspekteur na Truida se hoenderhokke gaan kyk.

Eerste Joos. Sy hoop dat Freda nie daar sal wees nie. Freda moet oorstaan vir 'n ander dag.

Die voordeur is toe, maar toe sy die deurknop draai, is die deur nie gesluit nie.

"Joos?"

Hy kom uit die kamer uit. Kan 'n mens in só min tyd só staan en ingee? wonder Petronella verskrik.

"Môre, Petronella."

"O, dit ís jy, ek dog dis 'n spook."

"Sit, Petronella."

Daar is 'n eienaardige stilte in die huisie. Dan sien Petronella die naaimasjien is toegegooi en die werkstafel netjies aan die kant. Die stilte is ook in Joos, besef sy.

"Ek het kom vra of daar iets is wat ek vir jou kan doen."

"Nee, Petronella. Dankie. Ek sal regkom."

"Regkom, hóé?" Die rif stoot in haar op. "Jy't klaar loop lê, kyk hoe lyk jy! Wil jy vir my sê daar is geen ander deur vir jou oop nie?"

"Ja. Die ouetehuis se deur op Krugersdal. Ek kan die end van volgende maand daar inkom. Freda het gesê ek kan aanbly tot dan toe."

"En intussen begin jy sommer solank doodgaan! Die een oomblik het jy kans gesien om teen die wêreld te veg vir jou huis en jou bestaan, en die volgende oomblik toe loop lê jy soos een wat met 'n veer platgeslaan is. Hoe moet ek dit verstaan, Joos?"

"Petronella," sê hy verwese en sonder om op te kyk, "as Talia vandag na jou toe kom en sy sê vir jou sy het haar haar lewe lank nog vir jou geskaam, dat sy bespot is omdat sy jóú kind is, omdat jy so eenvoudig is, en dat dít wat jy besit, sou kon opmaak vir die kwaad wat agter lê . . ." Maar hy praat nie verder nie; hy kan nie.

Here! roep Petronella in haar hart. Here, troos hom! En sy voel die trane in haar eie oë brand.

Freda is opgewonde aan die middagtafel.

"Ek het met professor Muller by die Raad vir Nasionale Gedenkwaardighede gepraat. Hy het reeds by meneer Ledoux alles omtrent ons planne gehoor. Hy belowe om die proses van proklamasie te versnel en hy gaan self die inspeksie tydens die restourasie kom doen. O ja! en Doris Snyman het haar swaer gebel, hy is redaksielid van een van die grootste koerante in die land, die eerste berigte sal binnekort verskyn. En . . ."

"Was Ma al vandag by Oupa?" vra Dennis stug.

"Ek wens jy wil ophou om met daardie lang gesig rond te loop, Dennis," paai Freda. "Jou oupa gaan baie gelukkig wees in die ouetehuis, een van sy ou vriendinne woon ook daar!"

"Is Pa vanmiddag baie besig?" vra Dennis saaklik vir Zerk.

"My eerste afspraak is halfvier, as dit is wat jy bedoel."

"Ja. Kan ek Pa dan net ná twee spreek, asseblief?"

"Seker."

"Ek hoor jy wil my dringend spreek, Petronella." Ou Koos kom net voor twee-uur by Petronella se huis aan met 'n aanvallende houding wat sy net daar ignoreer.

"Ja, Koos. Sit."

"Ek het nie tyd vir sit nie, Petronella, ek is haastig," sê hy en gaan sit.

"Ek neem aan jy wil seker bo na die boor toe loop," stuur sy sonder skroom in die rigting waarin sy wil praat.

"Kyk hier, Petronella, ek het nie tyd vir mors nie, ek het niks daar bo agter die kerk verloor nie; skaars my twee bene tot hier gekry, waarvoor sal ek nou nog soontoe sukkel!"

Nee, besluit sy, 'n ompad gaan nie vandag met Koos Nel werk nie. "Koos, dit lyk my nie ek gaan jou vandag by die waarheid kry nie, die beste sal wees dat ons dit dan maar los," sê sy.

"Wat bedoel jy?" dreig hy waarskuwend. "Ek sal jou aanraai om jou woorde te tel!"

"Ek het ook eers so gedink, Koos, maar ek het nou skielik anders besluit: jý het daardie klippe verskuif. Jy kan stry soos jy wil . . . Bly stil, Koos! Ek praat nou. As ek klaar gepraat het, kan jy my dreig met die hof en alles. Ek het nie bewyse nie, maar ek weet en jy weet dat jy daardie klippe weggedra het."

"Ek sal jou dagvaar vir my naam!"

"Dan weet die hele dorp dit. Intussen het jy darem die geluk aan jou kant dat net ek dit weet. En dan is ek nog jammer ook vir jou, ek hoor mos ons gaan warm verkiesing hou aanstaande September en ek hoor party van ons gaan lelik uitval. Gelukkig is daar genoeg tyd om dit te voorkom. Ek praat nou veral van jou en Krisjan."

"Wat bedoel jy van my en Krisjan? Jý sal uitval, nie ek nie!"

"Koos Nel, as ons môre verkiesing hou, val julle twee uit. Jy weet dit net so goed as ek en dit sal jou niks help om jou te wil opruk nie. Dinge is besig om vinnig te verander en te gebeur in hierdie dorp en dis hoekom ek jou so dringend wou sien. Ek het besluit ek wil jou en Krisjan so lank as moontlik in die raad hou." Sy sien die verbasing in hom kom en volg haar voorsprong vinnig op. "Kasselspoort het julle kennis as afgetrede boere nodig. Dringend. Gebruik daardie kennis tot voordeel van hierdie dorp en die man wat teen julle in 'n verkiesing staan, sal sy beloftes moet ken!"

"Kom na die punt toe, Petronella." Maar hy kry sy nuuskierigheid nie heeltemal verberg nie.

"Jy en Krisjan gaan hierdie dorp inkleur. Ons deel die dorp in twee dele, wes van Kerkstraat en oos van Kerkstraat. Aan die westekant is jy verantwoordelik vir die verfraaiing van die strate en so aan, en aan die oostekant is Krisjan verantwoordelik. Julle kan maak wat julle wil, bome plant, struike, blomme, mense behulpsaam wees met hul tuine. En doen tog iets aan daardie palmbome wat so onooglik langs die hoofstraat staan."

"En wie betaal?"

"Die Afdelingsraad het gesê ons kan by hulle struike en bome kry en julle kan twee middae van die week twee van die munisipaliteit se werksmense kry om julle te help."

"Johannes Vlok sê daar bestaan nie so 'n ding dat 'n raadslid 'n amptenaar se werk moet doen nie. Jy kan in die moeilikheid kom daaroor."

"By wie?"

"Ek weet nie, maar hy sê dis nonsens dat jy 'n man so in die werk steek. Jy het nie die reg nie!"

"O. Dan sit ons een maal in 'n maand die stoele om die raadstafel warm en die res kan maar vergaan."

"Waarvoor het die munisipaliteit werksmense?"

"Jy weet net so goed soos ek dat daar te veel is om te doen vir die hande wat ons kan bekostig! Maar as jy nie kans sien om jou moue op te rol nie, sal ek dit so aanvaar."

"Luister, Petronella, ek mag dit miskien nog oorweeg om te doen wat jy vra, maar van Krisjan kan jy vergeet, hy sal dit in der ewigheid nie doen nie!"

"Ek het hom klaar gevra. Hy sê sý deel van die dorp gaan groter opslae maak as Zerk en Freda se ou geboutjies."

Sy sien haar troefkaart werk.

"Wil jy vir my vertel Krisjan Boonzaaier gaan vir die eerste keer in sy lewe sy hande uit sy kruisbande haal? Wat weet hy van plant? Sy lewe lank ander vir hom laat boer."

Maar Petronella is tevrede. Hulle sal dit uitbaklei, dink sy en weet dat daar een kommer minder in haar is.

"Ek vrees ek gaan Pa teleurstel," erken Dennis reguit en saaklik net ná twee in Zerk se kantoor. "Ek gaan nie hier bly nie."

"Snaaks, ek het so 'n gevoel gehad," sê Zerk en begin 'n papiernoot tussen sy vingers buig. "Jou moeilikheid, Dennis, is dat jy dink die wêreld kan met suikerklontjies gepaai word. Dit werk nie so nie. Veral nie op hierdie dorp nie en veral nie in hierdie beroep nie. Jy is 'n goeie prokureur, maar jy kan 'n gróót prokureur word as jy ophou om terselfdertyd ook predikant te wil wees."

"Ek het nog nooit 'n predikant se werk probeer doen nie, Pa."

"Ek dink jy kom dit nie agter nie. Jy het 'n soort skuldkompleks opgebou oor jou mislukte ou huwelikie en nou wil jy byvoorbeeld al wat 'n skeisaak is, skik. Op die ou end is jy huweliksraadgewer ook, man!"

"Pa praat van twee geïsoleerde gevalle waar dit oorduidelik was dat die vrouens eintlik vir hulle mans wou sê: ek is só desperaat om hierdie huwelik te laat slaag dat ek die prokureurstadium bereik het om jóú te probeer bereik. Maar ek het nie gekom om my metodes te kom verdedig nie, Pa. Ek het kom sê dat ek van plan is om weg te gaan."

"Terloops, wie het jou Sondagoggend gebel?"

"Talia."

"Ek het agterna die gevoel gekry dat dit sy was."

"Ek sal vir Pa uitkyk vir 'n ander vennoot."

Die papiergeld tussen Zerk se vingers buig tot 'n skewe driehoek voordat hy opkyk en reguit sê: "Dennis, jy maak 'n fout. Ek word nie jonger nie, jy kry 'n opgeboude praktyk op 'n skinkbord. As jy weghardloop omdat jy dink Talia gaan jou pes, is jy 'n gek!"

"Pa het die verkeerde gevolgtrekking gemaak. Ek het gedink my lewe sal hier aan die kant kom, maar ek weet nou dit sal nie hier gebeur nie. Die omkrappers is te veel vir my."

"Jy kuier te veel by Petronella van Aarde." En toe Dennis hom nie hierop antwoord nie, gaan Zerk voort: "Goed, ek aanvaar jou bedanking. Terselfdertyd vra ek jou om te bly tot ná April toe. Ek gaan die volgende paar maande amper voltyds besig wees met die restourasieprojek en die reëlings vir die eeufees, ek sien nie kans om met 'n nuwe man te sukkel nie."

Die geoloog het gesê hulle behoort die water op 120 meter te kry. Die Vrydagoggend begin die boor op 112 meter boor en Petronella bly tot amper middag toe daar. Dit voel vir haar elke trilling van die boor gaan deur haar lyf.

"Here," gaan bid sy by die huis, "gee my geloof. Gee my krag en gee my wysheid. En Here, wees U van hierdie oomblik af die Burgemeester van hierdie dorp en ek sal die onderburgemeester wees. Want ek dink ek doen die regte dinge en agterna dan sien ek ek doen ook maar nie die regte dinge nie.

Soos nou weer met die straatvee-besigheid. Ag Here, die helfte wil my stenig. En die ander winkeliers is kwaad omdat Johannes Vlok van die raadsbesluit geweet het en toe 'n klomp buitebesems loop bestel het wat hy nou teen 'n spesiale prys aanbied en só wins maak uit sy raadslidskap en –"

"Missies Van Aarde!" klop en roep dit skielik by die voordeur. Petronella spring verskrik op. "Missies Van Aarde, jy moet kom kyk, hulle het water gekry!"

Toe sy die deur oopmaak, staan Hans Houtman daar, en hy sê dit weer:

"Ons het water gekry! Dit spuit in die lug in op, so vars soos tinkwater, die hele dorp is al daar bo!"

"Dankie, Hans, ek kom nou!"

Agter haar in die huis lui die telefoon. Toe Hans wegstap, maak sy die deur toe, maar sy antwoord nie die foon nie. By die naaste stoel gaan sy op haar knieë . . . en laat die dankbaarheid en verligting uit haar spoel.

"Petronella mag nou wel haar waterkrisis opgelos het," sê Freda die aand vir Zerk, "maar hierdie straatvee-ding gaan haar aanhang knou."

"Dennis wil weggaan."

"Ekskuus?" vra sy verbaas.

"Jy het reg gehoor."

"Het julle gestry?"

"Nee."

"Hoekom wil hy dan weggaan?"

"Hy sal bly tot April toe."

"Maar hy doen dan so goed!"

"Ek weet nie so mooi nie, Freda," sug hy. "Toe Dennis klein was, het ek altyd gehoop hy word eendag 'n prokureur. Toe word hy 'n prokureur. En toe hy 'n prokureur is, toe begin ek hoop hy sal eendag die praktyk met my deel."

"Dis nog 'n hele paar maande voor dit April is, hy kan van plan verander," troos Freda. "Ek sal met hom praat."

"Ek glo nie dit sal help nie," sê hy moeg.

"Jy's nou sommer kleingelowig. Ek sê, Petronella se aanhang gaan 'n knou kry met hierdie straatveëry."

"Sy het 'n slim skuif gemaak met ou Koos en Krisjan."

"Begin jy nou Petronella ondersteun?" vra sy geskok.

"Ek het dít nie gesê nie."

"Dit wil voorkom of jy nie juis vordering maak om Petronella uit die stoel gelig te kry nie, Zerk. 'n Mens moet hierdie straatveëry benut! Doris Snyman sê sy gaan die vullis voor hulle deur laat ophoop tot dit genoeg is en dan gaan sy met Petronella na die gesondheidsowerheid."

"Ek het altyd geglo ek bou die praktyk vir Dennis op . . ."

"Dennis is ontsteld oor Pa se reaksie, dis al. As hy eers sien hoe gelukkig Pa in die ouetehuis is, sal hy van plan verander. O ja, amper vergeet ek die beste nuus: tant Annie Stoffel het gesê ek kan uit haar huis uit enigiets vir die museum vat!"

"Ek is bly, Freda."

"Jy klink nie juis verheug nie. Vergeet nou van Dennis, ek belowe jou hy sal van plan verander."

Dis of die water 'n gemoedelikheid deur die dorp stuur – 'n lafenis. En die groeiende somerdae laat die laaste vrugtebome bot en die eerstes vrug.

Dié wat gewilliglik voor hul eie deur vee, raak gewoond daaraan en oral begin van die dwarstrekkers ook die besem opneem.

Miskien het die vorige Sondag se preek daartoe gehelp. Dit was of die predikant opsetlik sy boodskap om "vee voor jou eie deur" gebou het. En die afsluitgebed het hy as dankgebed vir die water gebruik.

En op sy plek in die agterste bank het iets in ou Joos opgestaan wat hom laat voel het soos iemand wat omgeval het en skielik moed kry om op sy knieë orent te kom en te begin kruip.

Ek sal nie my dorp verlaat nie, het dit by hom opgekom. Ek het my skuld aan Freda betaal. Ek gaan vir my 'n kamer soek. Koos Nel het 'n lekker stoepkamer . . . Nee, sy ou vrou is te kwaai. Hans. Ja. Hy sal by Hans en sy ma gaan hoor van die buitekamer.

Die Donderdagoggend kom Petronella by Abraham Moller aan en kry hom in 'n senuweetoestand aan die soek tussen 'n stapel papiere.

"En nou, Abraham?"

"Elkeen wil mos in hierdie dorp regeer soos hy wil en maak soos hy wil!" bars hy los sonder om te groet. "Aan regulasies en wette en ordonnansies steur hulle hulle niks! Abraham Moller is mos daar om al die gemorste reg te maak!"

"Wat soek jy, Abraham?"

" 'n Omsendbrief! Maar nou't Hannie dit natuurlik só goed gebêre . . . óf dit weggesmyt!"

"Het jy haar al daarna gevra?"

"Ja! Maar haar kop werk nie vier jaar terug nie. Dis net Abraham Moller se kop wat mos alles moet onthou!"

Daar sal iets vir Abraham se senuwees gedoen moet word, besluit Petronella. Die man het skoon die bewerasie! Sy wou kom sê het van die slagter wat vroegmôre by haar kom kla het oor daar al weer nie warm water by die slagpale was nie; sy sal maar self loop kyk en loop praat. Abraham lyk soos een wat na aan die laaste strooi is . . .

"Kan ek jou nie help nie, Abraham?" bied sy aan. "Watse omsendbrief is dit waarna jy soek?"

"Petronella, het jy geweet die Raubenheimers gaan die danige museum inrig en dit dan aan die dorp skenk?"

"Dis soos ek dit van die begin af verstaan het, ja."

"En weet jy wat beteken 'aan die dorp skenk'? Die beteken aan die plaaslike owerheid – die munisipaliteit – skenk! Wat beteken dat ons 'n subsidie sal moet vra vir die instandhouding en administrasie van die museum, wat beteken dat ons nie 'n enkele sent sal kry nie!"

"Waarvan praat jy nou, Abraham?"

"Van Freda Raubenheimer wat loop en ou goed bymekaarmaak en museum wil maak soos sý wil! Toe val dit my by van die omsendbrief. Dit staan my voor dat daarin gesê is dat jy nie vandag sommer kan museum stig en inrig soos jy wil nie, jy moet deur die regte kanale te werk gaan. Die Administrasie laat nie sommer meer deurmekaar museums toe nie, hulle sal dit ook nie subsidieer nie. Húlle skryf vandag vir jou 'n tema voor waaroor jou museum moet handel. Of jy lê aan hulle 'n voorstel vir 'n tema voor en hulle keur dit goed of keur dit af. Dis nie meer net vir ou goed inprop en 'n bord opspyker MUSEUM nie!"

"Wat sê jy nou?"

"Freda Raubenheimer moet gestop word. My senuwees sal dit nie hou nie. Ék gaan haar nie stop nie! Ek gaan die omsendbrief soek en ek gaan dit op die tafel lê en my hande daarvan was!"

Die een ding is nog nie verby nie, dan is dit die volgende ding, dink Petronella en gaan sit moedeloos langs die raadstafel. Abraham se senuwees mag gedaan wees, maar sy verstand makeer niks. As hy sê daar was so 'n omsendbrief, dan was daar . . .

"Dan moet ons soek, Abraham!" sê sy. "Ons moet soek tot ons hom kry, want ek kan nie sonder daardie papier na Freda toe nie."

Die idee wil hom nie los nie. Die hele week al. Oormôre, Saterdag die sewentiende, verjaar Talia. Aangesien sy die langnaweek by die huis was, is die moontlikheid baie groot dat sy nie hierdie naweek sal huis toe kom nie.

Waarom kry hy sy gedagtes nie van haar losgemaak nie! Vyf jaar lank het hy daarin geslaag om beheer te hou oor die opbou van te veel beelde en denke en kierang-emosie oor haar. Hy het nugter gestaan teenoor sy flater en die beste spel gespeel uit 'n swak hand vol kaarte wat hy self geskommel het. Maar vandat hy haar weer gesien het, weier sy gedagtes om haar te los. Hy is bang om sy gevoelens werklik te analiseer: is sy denke moeiliker beheerbaar omdat hy weer vry is? Of skuil daar iewers agter 'n innerlike hek 'n skuldgevoel teenoor Talia? Is daar 'n afbetaling wat hy wil maak, wil hy probeer opmaak vir ou pyn? Sy het dit so duidelik gesê, duideliker as met woorde, dat sy by terugdraai verby is en dat hy sy hand nie na haar moet uitsteek nie.

En tog.

En tog wil hy haar bel en sê hy kom die naweek Kaap toe. Hy wil haar vra om Saterdag saam met hom te gaan. Sommer net na enige plek.

Is daar iets tussen Hartswater en Talia aan die gang?

Die volgende oomblik trek hy die telefoon op sy lessenaar nader om die nommer te vra wat al die hele week in hom maal.

Sy antwoord binne minute aan die ander kant.

"Hallo, Talia."

"Wie praat?"

"Dennis."

"Hallo, Dennis." Geen verbasing, geen blydskap nie. "Ek hoop nie jy bel om te sê jou oupa het weer weggeloop nie!" lag sy.

"Nee. Ek bel sommer om te sê ek kom die naweek Kaap toe. Ek wil hoor of jy nie lus het om Saterdag saam met my te gaan nie. See toe of so."

"Saterdag? Nee, ek verjaar Saterdag."

"Ek weet jy verjaar."

"Ek sal ongelukkig nie hier wees nie. Ek gaan weg vir die naweek."

Sy sê niks oor die feit dat hy net die dag ná haar verjaar nie, besef Dennis toe hy aflui. Het sy so totaal vergeet? Hy dwing homself tot eerlikheid. Of is haar houding 'n skans? Hoe bereik 'n mens iemand wat agter 'n skans ingevlug het? Vlug jy self ook agter 'n skans in en kom só tot rus?

Abraham kry nie die omsendbrief nie.

"Bel Krugersdal se stadsklerk en vra dat hy syne vir ons moet stuur," stel Petronella die volgende oggend voor.

"En wat sê ek, watse klas klerk het ons wat nie eens 'n omsendbrief op die regte plek kan sit nie? Of dit sommer weggooi!"

"Nou dan sal ek die man bel," sê Petronella. Sy moet haarself bedwing om nie ongeduldig te raak nie; Abraham se senuwees is nog treuriger as die vorige dag.

"Jy sal nie bel nie. Dit sal die skande net verdubbel."

Hannie kom binne en sit ewe luiters 'n rekening voor hom neer.

"Môre, tant Petronella," groet sy en sê: "Ek weet van daardie omsendbrief net mooi niks af nie, dit nie met 'n oog gesien nie. In elk geval al vier jaar gelede." Dan praat sy met Moller.

"Dis die Vermeulens se water-en-ligte-rekening, meneer moet laat afsny," sê sy en stap weg.

"Wag 'n bietjie!" keer hy haar. "Hoekom bel jy nie die vrou en sê ons gaan afsny nie?"

"Laas maand, toe ek die Swartse en die Vissers gebel het om te sê, toe het meneer my daarop gewys dat ek eiegeregtig is en teen die reëls optree," sê sy vanuit die middeldeur. "Ek het nog al die jare die mense gebel om hulle te waarsku, van nou af sny ons net af en klaar. Ek sal sê meneer het so gesê as die mense hier kom staan en begin slaan."

Petronella sien hoe Abraham wit word om die mond. Sy hand skiet uit na die swaar asbak op die lessenaar.

"Abraham!" skree sy en keer hom tot besinning. "Wat makeer jou?" Toe sy omkyk, is Hannie weg. "Jy kon Hannie dood gegooi het as jy gegooi het!"

"Ek kan haar nie meer verdra nie!"

"Dit lyk my jy kan niks meer verdra nie, Abraham. Jy's oorwerk. Wanneer laas was jy met vakansie?"

"Vakansie? Van wanneer af kan Abraham Moller met vakansie gaan? Wie sal sy werk doen?"

"Maar jy kry tog 'n jaarlikse vakansie."

"Tap vir my 'n bietjie water daar by die wasbak. Asseblief."

Hy lyk siek, dink Petronella onrustig en tap die water.

"Waar's jou pille, Abraham?"

"Baadjiesak. Oor die stoel."

"Jy gaan nou op die oomblik huis toe," raas sy en soek die pille. "'n Man kan nie só aangaan nie!"

"Ek kan nie huis toe gaan nie, jy weet dit. Môre begin hulle met die waterpype daar van bo af. Daar's honderd-en-een dinge . . ." maar hy kom nie verder nie. Sy kop sak eers stadig oor sy bors en dan vou sy bolyf vooroor.

"Hannie!" roep Petronella verskrik.

Sewe-uur die aand hou Petronella 'n noodvergadering by haar huis. Nie-amptelik.

"Menere, ons sit sonder 'n stadsklerk. Abraham Moller sal minstens 'n maand of langer moet rus. Dokter Snyman sê dis 'n totale ineenstorting."

"Hannie kan instaan. Sy weet alles wat in daardie kantoor gedoen moet word," sê Johannes Vlok.

"Dis reg. En wie doen háár werk?"

"Mevrou Van der Merwe, die sersant se vrou; sy los altyd af as Hannie met vakansie gaan," sê Krisjan.

"Gaaf," sê Petronella. "En nou wil ek van julle weet hoe dit menslik en wetlik moontlik is dat Abraham Moller vier jaar laas vakansie had."

Die een kyk op sy tone, die ander bekyk die plafon; Koos Nel se vingernaels is skielik baie interessant.

Zerk het iets om te sê: "Dit was 'n saak wat tussen oorlede Neels Meyer en Moller gereël was. Ek het dit nooit gesteun nie."

"Om nou sommer reguit die waarheid te sê, Petronella," lig ou Koos haar in, "ons weet almal hoe voel Abraham oor geld. Hy't verkies om sy eie afloswerk te doen as hy vakansie het. Ek meen nou, dit het hom drie tjeks vir die een maand in die sak gebring: sy gewone salaris, die dertiende tjek as bonus en dan die aflosgeld ook."

"En julle was bewus daarvan en julle het dit nie gekeer nie?"

"Soos meneer Raubenheimer gesê het," sê ou Koos, "dit was 'n ding wat tussen Abraham en oorle' Neels gereël was."

"Ja," sê Petronella, "en nou lê hy en yl van alles, en as ek my eie sondes nie ontsien nie, rapporteer ek die hele spul van julle!"

"Dalk leer hy nou 'n les met al sy suinigheid," sê Johannes eerlik. "Alles wil hy halfverniet hê of teen groothandelprys. Te suinig om te eet en klere te koop. Sy vrou is net so."

"Ek kry hulle ook nie jammer nie," sê Krisjan vies.

"Verwyte gaan ons niks help met die buitewerke nie. Hannie kan nie vir daardie deel van dinge sorg nie. Johannes, jy sal vir ons moet help kyk na dinge."

"Dan sal jý seker vir my in die winkel kom staan, Petronella!"

"Ons sit in die knyp, Johannes! Ek sal my deel doen. Ek sal môreoggend weer gaan kyk of daar warm water by die slagpale is en Hans Houtman gaan aansit by die randstene in Kortstraat . . ."

"Hy bly weg van die daisies wat ek daar gesaai het!" keer ou Koos met mening.

"Ek sal kyk, Koos," sê Petronella en sien dat Johannes skaam kry.

"Nou sê dan wat ek moet doen. Maar ek kan nie heeldag van die winkel af wegbly nie," sê hy.

"Jy moet vir ons 'n oog hou by die waterpype. Asseblief."

"Goed dan."

"Dankie. Nou weet ek ek kan gerus wees daaroor."

"Ongelukkig sal ek nie veel vir jou kan doen nie, Petronella," sê Zerk saaklik. "Soos jy weet, is ons op die oomblik baie besig met die restourasiewerk aan die Langstraat-huisies, en die hele museumprojek moet nog aangepak word."

Ja, dink Petronella, in daardie turksvybos moet ek ook nog in. Maar dit moet oorstaan vir Maandag. Talia verjaar môre en sy kom huis toe.

"Middag, Oupa."

"Middag, Dennis."

"Ek was gisteraand hier, maar Oupa het blykbaar rondgeloop."

"Ek was 'n bietjie af na Krisjan toe, die een en ander gaan verneem en 'n rukkie televisie gekyk. Mooi programme Vrydagaande. Ek hoor Abraham Moller het gister so sleg geword by die werk."

"Ek hoor so. En ek hoor tant Petronella steek glo al wat raadslid is in die werk."

"Dis reg so. Ek begin party dae al glad dink dat sy op die ou end nog kan wen ook."

"Wel, dit lyk nie of sy haar laat onderkry nie. En dinge is besig om reg te kom."

"Die groot ding van Petronella is dat sy nie bang is nie."

"Ek is darem bly om te sien dat Oupa meer opgeruimd is."

"Dennis, opgeruimd sal ek dit nou nie noem nie," sê die ou man peinsend. "Ek het vir my 'n kamer gekry. Ek gaan nie meer weg van Kasselspoort af nie."

"Hoe bedoel Oupa nou?"

"By Hans Houtman en sy ma. Die buitekamer. Ek het gesê

ek sal self laat uitwit en so aan. Hulle het dit ook maar nie breed nie en die huur sal help. Hulle vra my maar R12 'n maand vir die kamer."

"Wag 'n bietjie, Oupa! Dít kan nie uitwerk nie. As ek oom Hans se huis reg onthou, is daardie buitekamer niks meer as 'n hok nie."

"Dis groot genoeg. Plek vir my masjien ook."

"Ek is jammer, Oupa, maar ek gaan nie toelaat dat Oupa daar gaan woon nie. Klaar!"

"Dennis," waarsku die ou man, "moenie jy ook begin nie. Dis swaar genoeg soos dit is. Moenie my uit my dorp uitjaag nie!"

"Ek jaag Oupa nie uit die dorp nie. Ek trek van volgende week af in die hotel in en Oupa trek saam met my daar in."

"Ek in 'n hotel? Nee dankie. Ek sal regkom by Hans en sy ma. Ek maak my eie stukkie kos soos ek gewoond is en alles. Talia lag mos oor ek nog my eie brood bak, ek sê haar . . ."

"Talia? Wanneer het Oupa dan vir Talia gesien?"

"Sy was netnou hier. Alte lekker gekuier."

"Maar sy het dan gesê sy gaan die naweek weg . . ."

"Lekker gesels oor die ou dae. Julle kinders se kattekwaad. Onthou jy die dag toe ek haar en Christel uit oorle' Neels Meyer se ou moerbeiboom moes gaan haal? Jy het nog kom sê hulle kan nie uit nie."

"Onthou Talia dit?"

"Alte goed. En van die keer toe julle amper Petronella se huis afgebrand het. Grootste pak slae wat sy in haar lewe gekry het, sê sy . . . Sit, waar gaan jy nou so haastig heen?"

"Ek sien Oupa môreoggend. Ek sal Oupa kom oplaai vir kerk."

Toe Dennis in sy motor klim, weet hy dat geen argument met homself gaan keer dat hy reguit na Petronella se huis toe ry nie . . .

Sy maak self die deur oop. Talia.

"Middag, Talia."

"Hallo. Kom binne. Ma sal nou hier wees. Sy het gou vir Hans Houtman gaan haal, daar het weer 'n pyp gebars."

"Geluk met jou verjaardag, Talia."

"Dankie." Die manier waarop sy onmiddellik wegdraai, is net so goed as om te sê: jy kom te na aan my.

"Ek was onder by Oupa," sê hy.

"Hy't seker gesê ek was daar. Toe jy gebel het, het jy dan gesê jy gaan die naweek Kaap toe?"

"Maar jy het gesê jý sal nie daar wees nie. Toe los ek dit maar."

Sy antwoord hom nie, net die vinnigste trekkie om haar mond waarsku hom dat hy dit weer te naby waag. En tog kry hy homself nie gekeer nie en waag dit weer:

"Talia, as ek ná vyf jaar vir jou sê ek is jammer, sal jy weet hóé jammer? Hoevéél jammers?"

"My ma behoort nie lank weg te wees nie," sê sy vinnig. "Die pyp het glo by die garage gebars."

"Ek het nie vir jou ma kom kuier nie," probeer dwing hy haar tot reaksie, wíl hy haar agter die skans uit. Dis of alles in hom meteens om een begeerte sentreer: om te weet hoe dood dit in haar is. Hoe dood hý in haar is. "Ek het vir jóú kom kuier, Talia."

"Ek is nie by die huis nie," sê sy.

"Oor twee weke kom jy vir goed huis toe. Vir die volgende paar maande gaan ons weer saam in een dorp woon en ek vra reguit: laat ons weer vriende wees."

"Sal jy koffie drink?" vra sy en verraai met haar hande se gevroetel dat hy haar senuweeagtig maak.

"Ek wil nie koffie hê nie, ek wil met jou praat. Hulle sê 'n mens kan nie vryheid waardeer of peil voordat jy nie in kettings was nie, Talia. En ek moes eers van jou weggaan om te groei, eers uit die grootste fout van my lewe worstel om baie waardes te leer bepaal."

Sy kyk nie op nie. Dis lank stil tussen hulle. Eers toe Petronella se motor langs die huis stilhou, sê sy:

"Ek het niks om te sê nie, Dennis."

Toe Petronella binnekom, weet sy onmiddellik daar is dinge gesê; dis in die lug, dis in Dennis en in Talia. Maar sy maak asof sy dit nie agterkom nie.

"Ek sê vanmiddag vir julle," sug sy, "om burgemeester van Kasselspoort te wees, sluit pype lap op die Saterdagmiddag ook in. Onthou dit. En julle het seker nog nie eers 'n bietjie koffie gehad nie!"

Sy wag tot die Sondagmôre voor sy praat oor die ding wat haar hinder.

"Talia, belowe Ma jy sal nie vanoggend vir Ma kwaad word nie en Ma belowe jou om nie weer die onderwerp op te haal nie."

"Ma . . ." Dis asof Talia pleit.

"Nee, Talia, ek gaan sê wat ek wil sê: leef jou lewe soos jy goed dink, neem jou besluite soos jy voel dit reg is, maar maak seker dat jy nie vir jouself lieg nie. En onthou, elke man het 'n punt. 'n Punt tot waar 'n vrou hom kan dryf. Dryf hom by daardie punt verby en jy maak hom dood, al haal hy nog asem. Dennis Raubenheimer verjaar vandag. Bel hom en wens hom geluk as jy niks meer vir hom omgee nie."

"Ek het nie geweet hy verjaar nie."

Die Maandagoggend kom Petronella agter dat sy besig is om allerhande peuselwerkies te doen en só uitstel te probeer kry vir wat sy eintlik moet loop doen: na Freda toe gaan. Hannie het die omsendbrief gekry. Abraham had reg.

9

Wel, besluit Freda die Maandagmôre, as Hilda Joubert te inhalig is om haar stinkhoutriempiesbank aan die museum te skenk, kan sy dit hou. Een sal iewers vandaan kom; maar 'n riempiesbank van stinkhout sál die museum hê. Sy is nie heeltemal seker oor die vleisskottel wat Dirk Kotze geskenk het nie. Geen merk om 'n aanduiding te gee van die waarde nie . . . Dis waar wat Dennis sê, die huis begin nou nes 'n museum lyk van al die ou goed wat al ingekom het en wat hier geberg moet word. Die mense is werklik entoesiasties oor die museum. Dié wat sê daar is genoeg museums in die land is sommer die afgunstiges, die jaloerses. As haar pa net eers uittrek sodat hulle kan begin werk aan die plek . . .

Waarom is 'n ou mens so koppig? Volgens Dennis wil die ou man nou by Hans Houtman en sy ma in die onderdorp gaan inbodder. Dis buite die kwessie en daar sal nie oor geargumenteer word nie. Hy kan oor drie weke in die ouetehuis in. Hy sal nie in 'n buitekamer gaan inkruip om dit te omseil nie. Oral waar jy verneem, hoor jy wat 'n gawe plek Krugersdal se ouetehuis is. Die ou mense is gelukkig daar, en as hulle siek is, word daar na hulle omgesien. Dokter Snyman se pa is ook daar.

Sy moet onthou om die man van die riet te bel. Hulle moet die riet nie later as die Vrydag aflewer nie. Dis die dag voor haar pa se uittrek. Zerk reken hy behoort teen daardie tyd 'n paar werksmense by die Langstraat-huisies los te hê wat solank hier kan kom begin. Dinge verloop fantasties.

Wat sou met Dennis aangaan? Zerk sê hy vermoed Dennis kuier redelik dikwels bo by Petronella. Toe maar, sy soek nog net die regte stok om dáár voor te steek. Dennis Raubenheimer sal nie terugkruip na Talia van Aarde toe nie. Maar die geoloog kuier gelukkig glo by haar. Anna Vlok het hulle saam gesien in die Kaap.

Drie ou koffiemeulens! Die mense moet nou darem ook nie dink hulle kan al hul ou rommel hier kom aflaai nie. Daar sal fyn uitgesoek word. Sodra sy genoeg goed bymekaar het, sal sy meneer Ledoux vra om iemand aan te beveel wat teen die einde se kant kan kom help met die finale uitsoek en uitstal van die goed.

Fantastiese kontak, dié van Doris Snyman. Tot sover kry Zerk se huisies nog die meeste publisiteit – die museum word nog 'n bietjie terloops genoem. Maar sodra hulle begin, wil hy 'n hele foto-artikel van die proses in 'n spesiale bylaag doen!

Waarvoor wil Dennis nou in die hotel intrek? Dit skep net 'n verkeerde indruk. Goed, sy verstaan hy wil graag op sy eie woon. Maar nogtans. Gister uit haar pad uit gegaan om sy verjaardag vir hom so aangenaam as moontlik te maak en hy het heeldag kriewels gehad soos een wat nie besluit of hy wil sit of staan nie! Hoe gouer hy weer trou, hoe beter. Suzette Dreyer se sussie kom vir die vakansie kuier . . . Bietjie jonk, nog op universiteit, maar puik agtergrond.

Is dit Petronella se motor wat hier voor die deur stilhou? Wat kom sý hier soek?

Freda stuur een van die bediendes om die voordeur oop te maak en sê sy moet Petronella na die sonstoep toe bring.

"Môre, Freda."

"Môre, Petronella."

"Jy lyk besig. Ek hoop nie ek steur nie."

"Ek is besig om 'n voorlopige opname te maak van wat ek alles vir die museum ontvang het. Die entoesiasme is fantasties. Sit."

"Dankie. Dis juis oor die museumbesigheid wat ek hier is."

"Dit is mý afdeling," sê Freda met 'n waarskuwende finaliteit in haar stem.

"Dit verstaan ek. Ek bring net vir jou 'n omsendbrief wat jy eers moet bestudeer voordat jy verder gaan."

"Petronella, ek verseker jou dat ek van die beste boeke oor museums aangekoop het. Ek het reeds oorsee twee gekoop."

"Dis 'n ander ding hierdie, Freda. Dis nuwe wette en goeters wat 'n paar jaar gelede uitgekom het van die Administrasie van museums en so aan."

Ek gaan my vreeslik vervies vir haar, dink Freda en sê: "Meneer Ledoux van Stellenbosch is ons adviseur, hy sal die regte aanbevelings doen wanneer ek hulp nodig het."

"Maar hy dink seker jy weet al hierdie dinge?"

"Luister, Petronella, ek wil my nie vandag vir jou erg nie."

"As jy 'n museum wil inrig soos wat jý wil, sal dit 'n privaat museum moet bly. Jy sal dit nie aan die dorp kan skenk nie, want 'n dorpsmuseum, gesubsidieer en deur al die regte kanale, is vandag 'n ander storie. Die museum moet 'n tema hê, jy kan nie sommer 'n deurmekaar museum maak nie. Volgens ek dit hieruit verstaan, moet jy een ding vat, soos 'n Voortrekkerleier wat miskien hier gebore is, en sy lewe uitbeeld en so aan."

"Petronella van Aarde, ek het nie jou opinie nodig nie!"

"Ek weet, Freda. Ek het ook nie eens juis 'n opinie om te gee nie; maar toe sê Abraham Moller van die nuwe reëls net voor hy omkap en ek dog ek sal jou kom sê voordat jy dalk te veel moeite in die verkeerde rigting doen. Kasselspoort het nie eens geskiedenis om in 'n skoendoos uit te beeld nie, en hier's nie juis iemand gebore wat snaaks is nie."

"Wat van jóú?" vra Freda venynig.

"Ag nee wat, so snaaks is ek darem nie, Freda. Hulle noem hier voorbeelde soos houtmuseums en appelmuseums. Dis nou temamuseums."

Nou het ek genoeg gehoor, dink Freda. "Luister, Petronella, luister mooi en onthou wat ek jou nou sê. Jy hou jou neus uit my en Zerk se planne uit, jy hou jou hande daarvan af. Moenie agterna kom en probeer bydraes maak en advies gee sodat jy agterna kan sê jý het gehelp nie. Die Joos Jakobs-museum is vir die nageslag en voortbestaan van die Raubenheimers en die Jakobse, nié van die Van Aardes nie!"

"Ja, Freda, ek verstaan dit en jy hoef nie bang te wees dat ek met jou sake sal inmeng nie. Ek het meer as genoeg om te doen. Dan los ek maar die omsendbrief vir Zerk, dit sal goed wees as hy as raadslid dan maar op hoogte van sake kom."

"Nou wat die duiwel maak jy nou, ou Koos?" kom tart Krisjan kort ná die middag vir Koos, wat met 'n helper gate graaf langs die palms in die hoofstraat. "Mens grááf nie 'n boom uit nie, jy saag hom af!"

"Kyk hier, Krisjan, hou jou by jóú kant van die dorp."

"My deel gaan in elk geval die koek vat, dié kan ek jou nou al sê. Ek het bome geplant, nie uitgegraaf nie."

"Is jy dan onnosel, man? Kan jy nie sien dis gate wat ek maak nie? Die ou klomp palmbome is net 'n onooglike besigheid hier langs die straat, nes 'n klomp stronke tot bo in die lug met 'n paar blare op die kop waar niemand dit sien nie."

"Gaan jy nou die stronke so 'n bietjie korter maak?" lag Krisjan duime-in-die-kruisbande.

"Dominee het my die plan gegee."

"Watse plan?"

"Hy sê hy het dit oorsee gesien waar hulle dit gedoen het: rooi rankrose langs elke boom geplant en vol laat rank tot bo uit. Toe, hoekom lag jy nie nou nie? Of het daai koek van jou so 'n bietjie inmekaargeval?"

Freda gaan nie hiervan hou nie, dink Zerk en stap na Dennis se kantoor toe met die omsendbrief.

"Lees gou hierdie omsendbrief. Jou ma sal van voor af moet dink. Kan nogal interessant wees op die ou end, hoor. Meer gespesialiseerd, iets anders. Jy sal maar net moet help om haar oor die eerste skok te kry."

Terug in sy kantoor vra Zerk dat hulle vir hom 'n koppie tee bring. Daar is iets omtrent Freda wat hom die afgelope tyd onrustig maak. Niks ernstigs nie, net 'n vreemde obsessie wat al hoe meer na vore tree. Hy het van die begin af saamgestem oor ou Joos se huis – dis 'n móét vir die museum. Maar dis of Freda 'n deel van haar afgesluit het om die huis te bekom. Daar was dae dat dit vir hom gevoel het sy is heeltemal genadeloos. Wel . . . gee vir hóm 'n getuie in 'n getuiebank en hy spesialiseer self in genadeloosheid . . . Dis net dat hy soms gevoel het hulle moes die ou man meer gebreinspoel het tot toestemming, meer subtiel te werk gegaan het. Hoe Freda hom oorgehaal het, weet hy nie. Hy weet net dat die ou man gebreek is deur die hele ding. Darem seker nie só erg nie, die ou sal dit oorleef. Maar die ding van Freda hinder hom ook. Dis 'n hardheid in haar. En eintlik was dit maar altyd iewers in haar, net beter beheer. 'n Mens kan nie in vandag se lewe sonder 'n goeie stuk innerlike verset deur die maalstroom kom nie, dis net . . .

Nee, dis nie die eintlike ding wat aan hom vreet nie, kom staan die waarheid onverwags voor hom. Dis Freda se ander obsessie: Petronella. Freda dink dit is die maklikste ding ter wêreld om die stoel onder Petronella uit te trek. Sy neem nie in ag dat jy tyd nodig het vir hierdie tipe maneuver nie; sy neem nie in ag dat openbare mening soms stadiger omswaai as ander tye nie. Sy neem nie in ag dat Petronella in haar onkunde keer op keer wen wat sy waag en hierdeur die een na die ander skuif inpalm nie. Al wat Freda doen, is knaag, knaag, knaag oor sy onvermoë om Petronella te onttroon! Hy sal Petronella op die regte tyd uit die stoel uit kry, maar hy weet dit sal nie help om 'n spesifieke datum daarvoor te probeer stel nie. Hy vind die restourasieprojek al hoe meer interessant en stimulerend; waardering en belangstelling kom uit oorde van waar hy dit nie verwag het nie. Laat Petronella dan tog maar burgemeester wees tydens die eeufees en alles wat daarmee saamgaan, hy sal sorg dat sy vaal vertoon teen hóm, die onderburgemeester. Sy is ten eerste nie 'n openbare spreker nie; hy sal sorg dat hy en Freda meer as genoeg aandag op hulle gevestig kry – en die dank wat hulle sal toekom. Sy moet net ophou om so te torring en torring! Sy moet liewer vasstel wat met Dennis aan die gang is . . . Iets lê swaar in hom . . .

"Pa!" Dennis kom by die deur ingebars. "Het Pa hierdie omsendbrief geléés?"

"Ja. Jy klink skielik besonder lewendig. Ek sit nou net en wonder wat die laaste tyd met jou aan die gang is."

"Pa," sê Dennis en swaai die omsendbrief in die lug. "Ek sien 'n ding, ek sien dit so helder as wat ek Pa daar sien sit. Kasselspoort gaan 'n museum hê, 'n tema-museum wat só uniek gaan wees dat mense ander museums sal verbyry om hier te kom!"

"Stadig, man! Waarvan praat jy?"

"En Pa gaan vir Ma oortuig. Soos Pa in Pa se lewe nog nooit 'n landdros oortuig het nie!"

Elke mens het 'n wolfstand, sit Freda Raubenheimer in haar toenemende frustrasie en dink. Petronella ook. Raak aan daardie wolfstand, en jy raak aan die plek waar dit die seerste maak . . . Sy sal Petronella kry. Sy sal haar terugbetaal vir baie dinge. Vir die lekkerkry oor Dennis se mislukte huwelik, vir die lekkerkry oor Zerk se nederlaag in die raad, vir die lekkerkry oor Joos Jakobs se wegkruipgedoente, vir die lekkerkry om te kom omsendbrief rondswaai en die museum-idee te probeer verongeluk. Vir die slinksheid waarmee sy Zerk se planne omseil . . .

Haar pa sal die Petronella-storie onthou . . . Sy moet hom in elk geval gaan sien . . .

Ou Joos is besig om sy naaimasjien uitmekaar te haal en skoon te maak toe sy by hom aankom.

"Middag, Freda."

"Middag, Pa. Wat maak Pa dan nou?" Sy sien die klaar gepakte kartonhouers eenkant staan en dwing haarself van dáárdie dink af weg. Die Engelse het 'n spreekwoord wat sy die afgelope weke dikwels nodig gekry het in die oomblikke toe sentiment wou lol: "You must sometimes be cruel to be kind." Die ou man sal gelukkig wees in die ouetehuis. Sy kan nie nou toelaat dat 'n paar ingepakte goedjies oortuiging en sentiment kom deurmekaar krap nie!

"Ek olie my masjien. Ek neem hom saam, Freda."

"Pa kan nie Pa se naaimasjien saamneem ouetehuis toe nie." Sy besluit om haar dom te hou en te paai.

"Ek het vir my 'n kamer gekry. Ek gaan nie uit hierdie dorp uit nie, ek was voor jou en Zerk hier."

"Dan het Dennis tog wel nié die storie opgedis nie," hou sy haar nog steeds dom. "Dan is dit waar dat my pa van plan is om by Hans Houtman en sy simpel ma in die onderdorp te gaan saambondel!"

"Fredatjie . . ."

"Hoekom het Pa my dan nie gesê Pa is van plan om my terug te betaal vir die waarheid wat ek gepraat het nie? Hoekom het Pa dan nie Pa se huis gehou nie?"

"Fredatjie . . ."

"Waarom my en my man en my kinders in hierdie kritieke stadium, wanneer die museum reeds so te sê halfpad gevorder is, in die verleentheid stel deur by die Houtmangespuis te loop intrek? Pa doen dit opsetlik sodat ek my van voor af kan skaam!"

Sy staan op en loop by die deur uit. Sy hoor die ou man agter haar roep dat sy moet terugkom, maar sy maak of sy hom nie hoor nie . . . Laat hom eers weer kans kry om te dink, besluit sy. Hy is so koppig soos 'n kind. En sy sal by Anna Vlok gaan hoor van die storie.

Anna is bly om haar te sien. Sy maak die kantoordeur toe en sit die ketel aan.

"Ek hoor die nuwe water is getoets," sê Anna. "Glo beter as die Kaap of Johannesburg se water."

"En op die koop toe kry Petronella sommer 'n moontlike man ook vir haar Talia, nè?"

"Ja. En almal het gedink sy kom terug om Dennis terug te kry!"

"Sy kan vergeet van Dennis, Anna. Maar noudat ons Talia se naam genoem het . . . sou sy al ooit die waarheid weet? Jy weet mos, die ding wat mos nog al die jare gesus . . ."

"Jy moet onthou, Petronella het nooit gesê dis nie haar eie kind nie. Sy het net nooit iets gesê nie."

"Maar Suidwes het ook mos in die prentjie gekom," por Freda subtiel aan.

"Ja. Sy en oorlede Dawid is kort ná hul troue Suidwes toe. Dawid was toe nog in die onderwys. Toe koop oorlede ou dokter Van Aarde hierdie winkel vir Dawid en hulle kom terug . . . met 'n kind van amper drie jaar oud, en geen mens het ooit gehoor Petronella het verwag nie. Nie eens haar eie suster nie! En ek ken ook nie die hele storie nie. Jy moet darem onthou, Petronella is goed 'n tien jaar ouer as ons. Nie meer so jonk ook gewees toe sy getroud is nie. Toe kom Hilda Joubert uit Suidwes uit en sý is toe die swartkraai wat kom sê dis 'n aangenome kind."

"Wel, ek weet vir 'n feit dat Talia nie geweet het solank sy en Dennis uitgegaan het nie."

"Mense moet aangenome kinders van kleins af met die waarheid grootmaak, sê ek altyd."

"Natuurlik! Net 'n bobbejaan soos Petronella sal anders dink. Sy steek mos nou haar neus in my museum ook in!"

"Jy jok seker."

"Sy sien nou ons planne gaan op 'n reuse-sukses uitloop en probeer nou keer – die ketel kook – maar hierdie keer gaan sy haar vasloop. Zerk sê maar niks van al die ongerymdhede wat aangaan nie, dinge wat verdoesel word. Die mense dink mos die son skyn uit Petronella uit."

"Nie ék nie, dankie. Hier staan ek alleen in die winkel en Johannes bly net daar bo by die pype se lê!"

Om weer hierdie deur te kan oopmaak sonder om te klop en te wag, om weer by hierdie huis in te stap en welkom te voel, is 'n groot ding, besluit Dennis toe hy ná werk by Petronella gaan kuier.

Hy kry haar agter in die tuin aan die skoffel in die ertakker.

"Middag, tante!"

"Middag, Dennis. Sit solank die koffiewater op, ek kom."

Dit klink en dit voel soos altyd. Dit voel goed. Behalwe vir Talia.

Hy sit die water op die stoof en haal solank die koppies van die rak af.

"Jy kan maar koppies uitvee en regsit," sê Petronella oor die onderdeur, "ek kan niks aan jou saak doen nie."

Talia het dié streep van haar ma geërf, lag hy in homself. Hulle kan jou met 'n blatante waarheid verras en jou laat wonder of hulle gedagtes kan lees.

"Aan watter saak van my kan tante niks doen nie?" speel hy saam en soek in die blikke na iets by die koffie.

"Jy weet goed," sê sy en kom binne.

"Is my kanse nul, tante?" vra hy skielik met erns.

"Vra my enigiets anders."

"Is daar iets tussen haar en Hartswater?"

"Ek hoor dan jy gaan nou met die Scoombie-meisie uit," vermy sy sy vraag.

"Ek begin party dae glo 'n mens hoor meer dinge wat nié

waar is nie as andersom!" sê hy en vra weer: "Is daar iets tussen haar en hom?"

"Ek weet nie. Ek weet nie wat op die oomblik in my kind se hart omgaan nie."

"Tante klink bekommerd."

"Ek is. Ek is bang sy lieg vir haarself. Maar kom ons praat oor iets anders."

"Ons kan oor 'n week of so oor iets anders praat." Hy klink skielik geheimsinnig.

"Wat is dít nou wat skielik soos 'n belofte klink?"

"Groot dinge! Iets wat hierdie ou dorpie van ons één unieke ding kan besorg en vir baie talle probleme kan oplos."

"Jy klink nou alte bekend . . ."

"Toeriste sal spesiaal aanry om te kom kyk. Kasselspoort se naam sal op die TV-weerkaart verskyn!" terg hy teatraal.

"Dennis Raubenheimer, moenie dink omdat ek jou nou so half en half vergewe het, kan jy jou streke kom uithaal nie."

"Vertrou my, tante, en ek belowe jou die verrassing van jou lewe. Tante sal my sommer heeltemal vergewe. Maar ongelukkig moet Pa eers môre Kaap toe, dan moet ons Ma verras en dan los ons die bommetjie. Tante sal die vierde een wees om te hoor, ek belowe. Intussen moet tante net duim vashou dat ons die bommetjie in die Kaap krý."

"Jy sal maak dat ek nooit vannag slaap nie."

"Tante kan lekker slaap. Ek belowe."

Dis of die dorp geleidelik begin besef dat die eeufees wat voorlê 'n werklikheid is. By die skool word besluit op die operette wat opgevoer sal word en waarmee onmiddellik ná die skoolvakansie begin moet word. Die kerkkoor word ingelig oor wat van hulle verwag sal word; verskeie ander liggame vergader en bespreek elkeen se aandeel. Kosverskaffing op die groot dag, dinee, skemerparty die aand tevore. Optog deur die strate: sierwaens, blaasorkes, perderuiters, kadette. Nee, nie trompoppies nie.

Die eregaste moet nou reeds van die datum verwittig word sodat hulle dit kan inpas by hul ander verpligtinge. Sakeondernemings in die hoofstraat sal gevra word om hul geboue te versier tydens die eeufeesweek. Hoeveel kamers moet in die hotel bespreek word?

"Jy kan nie die minister en sy vrou in daardie eensterkamers laat tuisgaan nie!" Freda is ontstoke toe sy Zerk se planne hoor. "Ons moet hulle self huisves. Die LV en sy vrou ook."

"Jy gaan meer as genoeg te doen hê, Freda," keer Zerk. "Jy kan nie nog mense op dáárdie skaal ook onthaal nie."

"Ek reël die meeste van die etes voor die tyd en ek kry Hans Houtman se ma om toesig te hou in die kombuis. Maar hierdie probleem is in elk geval die kleinste van my probleme en vyf maande ver in die toekoms in. Ek vra jou nou al dae lank om my te help met Pa, maar jy hoor my skaars!"

"Ek het jou verlede week gesê, nadat ek van die Kaap af gekom het, dat jy net geduldig moet wees tot volgende Maandag toe: dan pak ons die museum en jou pa en alles met volle aandag aan. En ek en Dennis gaan jou met alles help."

"Jy verstaan nie, Zerk! Pa is vasberade om by Hans Houtman-hulle in te trek. Niks wat ek sê, kry hom gekeer nie. Jý moet met hom gaan praat."

"Los alles vir volgende Maandag, vrou!"

"Maar Pa beplan om volgende Dinsdag by Hans-hulle in te foeter!"

"Freda, asseblief, ek is moeg. Die eeufeesreëlings, die Langstraat-restourasie plus my werk verg op die oomblik al my krag en tyd. Woensdag kom doen hulle die eerste inspeksies van die huisies en ek wil so ver moontlik laat vorder."

"Dennis kan dinge op kantoor behartig. En wat van jou kastige burgemeester! Wat doen sý?"

"Petronella hou munisipale dinge aan die gang. Sy het meer as genoeg om te doen."

"Werklik!" vererg Freda haar. "Nou word Petronella al glad opgehemel. Maar wat ek doen, is niks! Dít wat eers die belangrikste was, word skielik op die agtergrond geskuif: Pa se huis en die museumstigting!"

"Ek het jou gesê ons wag net met die museum vir twee weke. En ek belowe jou die museum gaan nog altyd dié komponent van die hele projek wees. Meer as wat jy op die oomblik van kan droom. Ek en Dennis gaan jou met alles help."

Dis duidelik dat sy nie tevrede is nie. "Van wanneer af is Dennis so danig belangstellend?"

"Wees nog net geduldig tot Maandag toe."

"Het jy al met Dennis gepraat oor sy gekuier by Petronella?"

"Freda, Dennis is nie 'n kind nie."

"Dit lyk my hier is iets aan die gang waarvan ek nie weet nie!" bars sy los. "'n Gekonkel agter my rug! En ek sê vir jou, Zerk, as ek agterkom dat Petronella soveel as 'n vlieg in my pad sit, gaan die hel losbreek!"

"Waarvan praat jy nou?"

"Dit lyk my daar word skielik by Petronella íngekruip, daar word geswig voor haar slinksheid!"

"Freda, ek is moeg, ek het nie die krag om met jou te argumenteer nie."

"Sê liewer jy het nie die durf nie!"

Die dag voor die skole sluit, vra Dennis openlik vir Petronella om hom die volgende aand te nooi vir ete.

"Nee," sê sy sonder skroom.

"Hoekom nie?"

"Jy weet goed. En Talia sal moeg wees, sy moet begin uitpak aan hierdie bokse wat met die bakkie gekom het en wat so staan."

"Dit lyk hier amper soos by ons. Die ou goed staan nou al tot in die kamers . . . Dít gaan 'n ander bommetjie wees."

"Wat se bommetjie?"

"Toe maar, Maandag se bommetjie sal alles reg bláás," verseker hy haar.

"Ek wens dis nou al Maandag dat jy kan end kry met hierdie raaisels. Jy het nie dalk vir my 'n bommetjie wat ek onder Abraham Moller kan sit nie?"

"Hoe gaan dit met hom?"

"Beter. Maar te suinig om 'n bietjie weg te gaan om behoorlik te loop rus. Dominee sal nou darem vandag gaan praat."

"Tant Petronella moet maar sê as daar iets is wat ek vir tante kan doen. Tante lyk moeg."

"Dankie, Dennis . . ." sê sy en vee met haar hand oor haar

oë. "Die liewe Vader het vooruitgesien om dinge te deel tussen my en jou pa. Een mens sou nie alleen in die stoel reggekom het met die eeufees en alles nie. Dalk sien jou pa anderdag die regverdige verdeling ook in. Hy en jou ma doen dinge wat ek nie sou kon gedoen het nie; as ek 'n museum moes gemaak het, het ek sommer 'n bord voor ou Annie Stoffel se huis opgespyker. Aan die ander kant kry ek krag en geduld van Bo om te doen wat ek moet doen. Jy moet weet, gister moes ek tot gaan waterfiskaal speel, en vrederegter daarby!"

"Hoe so, tante?" lag Dennis.

"Sal ou Dinah dan nie Willem Claassen se leiwater staan steel nie? Klip ewe onder die sluis ingesit. En toe ek daar aankom, sien sy sommer vir my met die graaf kans!"

"Tante!"

"Ja. Geduld van Bo, sê ek jou. Vanoggend sê ek uitdruklik vir Hans Houtman die gruis moet in Klipstraat se gate kom, en toe ek loop kyk, toe werk hulle dit in Krugerstraat in waar nie 'n gat is nie. Jou ore en jou oë moet oral wees. En môre is dit ek en daardie gesondheidsinspekteurtjie."

"Tante moet maar liewer lig loop vir hom, hy's baie kortgebonde. Ons speel saam tennis."

"Dennis, hy kan môre brul van kortgebondenheid, ek gaan saam brul. Ons leen hom nie verniet van die Afdelingsraad om een maal 'n maand vir ons die inspeksie te doen nie, ons betaal daarvoor. Môre gaan ek saam met hom loop, ek wil kyk of hy die verskil tussen skoon en liederlik ken. Maar ek hoor so om 'n betroubare draai hy kry by die hotel 'n bottel whiskey en by die onderste kafee word die goed glad in bokste vir hom gepak – en hy skryf net Sondagskoolrapporte uit!"

"Tante moet stadiger."

"Krisjan en Koos help my darem baie. Hulle treiter wel mekaar, maar hulle help as ek vra, en jy sien self hoe mooi kom onse dorp aan."

"Ja, werklik. Almal praat daarvan."

"Selfs Johannes Vlok brom al minder en doen al meer. Hy sê die nuwe water is Maandagaand in die krane!"

"Gaan tante my regtig nie môreaand vra vir ete nie?"

"Nee." En ná 'n rukkie pleit sy reguit en ernstig: "Dennis, jy laat nie weer my kind seerkry nie."

"Tante hoef dit nie eens te vra nie," sê hy en staan op. By die venster gaan staan hy met sy rug na Petronella gedraai en vra: "Onthou tante die wilde-eendkuiken wat ek en Talia die keer – ek dink ek was toe in standerd ses en sy in standerd vier – by die dorpsdam gekry het?"

"Ja?"

"Sy poot was af. Ek wou hom daar los, maar Talia het gesê ons moet hom hiernatoe bring, haar ma se bid sal vir sy poot help."

"Wat laat jou nou dít onthou? Die verbrande wilde-eend het later meer mielies opgevreet as 'n lêhen!"

"Ek wou eintlik maar net gesê het: as tante weer Boontoe praat, doen vir my 'n goeie woord."

"Dennis . . ." Sy kry hom jammer. "Vir elkeen van ons is daar 'n dag van wen en 'n dag van verloor. Op jou verloordae onthou 'n mens soms dat jy op jou wendae nie op jou knieë gegaan het nie . . . Ek sê dit nie met 'n verwyt nie, ek wou jou eintlik die nuus gespaar het dat Alwyn Hartswater weer die naweek kom kuier."

In Freda laai die wrewel op. Teen die Sondagaand bereik dit breekpunt. Dennis het Vrydagmiddag in sy motor geklim en gery sonder om te sê waarheen hy gaan, en vanoggend sal sy eers agterkom dat hy sy oupa saam met hom het! En hy weet die ou man moes oor die naweek klaar gepak het, hy moet Woensdag by die ouetehuis intrek . . . Gelukkig het Dennis darem sy intrekkery by die hotel gelos . . . en Zerk is net behep met sy deel van die restourasieprojek, selfs 'n skrynwerker uit die Kaap laat kom om te help met die houtwerk. Vra sy of die koopkontrak vir haar pa se huis al opgestel is, dan sê Zerk: môre. En môre sê hy weer môre en so gaan dit aan. Amper veertien dae al! Van Zerk se restourasiewerk was daar al hoeveel foto's in die koerante, van háár deel word daar net vaagweg berig.

Iets is aan die broei. Waarom sê Hannie gistermiddag vir Anna Vlok in die winkel sy gaan eers wag voordat sy haar ouma se koppies aan die museum skenk omdat dinge dalk heeltemal anders kan verloop? Is iemand besig om teen haar te werk?

"Zerk," loop sê sy in die kamer. "Dit is amper donker, wanneer staan jy op? Vannag lê jy weer wakker!"

"Ek rus, Freda."

"Jy rus en ek is besig om van my verstand af te gaan!" Die eerste teken van histerie kruip in haar stem.

"Wat is dit, Freda?" vra hy moedeloos.

"Ek wil weet wat aan die gang is! Ek kan hierdie gesloer en beloftes nie 'n minuut langer verdra nie! Ek kry die gevoel dat jy agter my rug met teenstanders saamheul en ek staan in die donker. Hoekom skram jy aanmekaar weg wanneer ek oor die koopkontrak praat?"

"Freda," sug hy en stoot homself regop teen die kussings. "Kom sit hier by my. Die ding wat ek môre met jou sou uitgepraat het, gaan nou gepraat word."

"Watse ding?" vra sy vinnig en agterdogtig.

"'n Baie interessante ding."

"Wat?"

"Sit."

"Wat ís dit, Zerk?"

"Onthou jy die omsendbrief wat Petronella die dag vir jou . . ."

Dis soos 'n vuishou wat Freda tref. Sy voel die sweet in haar hande uitslaan en haar hartklop versnel. Sy hoor Zerk praat, maar dit voel of haar ore toegeslaan het . . . Temamuseum, Administrasie skryf tema voor, of keur voorgestelde tema goed of af . . . Dis of haar kop saamtrek . . . Die Maandag toe hy Kaap toe was, op die hoogste vlak gaan praat, voorstel ingedien. Dis of spikkels voor haar oë dans . . .

"Luister jy, Freda?"

"Elke woord," sis sy.

"En bly nou asseblief objektief en kalm oor wat ek nou vir jou gaan sê. Ek gaan in die eerste plek nie meer jou pa se huis koop nie . . . Freda! Bly kalm en wag tot ek klaar gepraat het. Jy gaan een van die mees besonderse museumtemas in daardie huis uitbeeld. Die voorstel is op die hoogste vlak vir goedkeuring en ons sal môre van hulle hoor. Daar is aan my gesê dat dit blote formaliteite is wat afgehandel moet word. Die tema wat ek voorgestel het, is met die grootste entoesiasme ontvang."

"Watse tema?"

"Ek kan jou nie sê terwyl jy jouself so sit en opwerk nie."

"Sê my."

"Dis 'n unieke tema, iets besonders, en dit sal 'n werkende museum wees wat elke dag funksioneer, nie net 'n dooie bewaarplek nie."

"Watse museum?" Sy het meer beheer oor haarself.

"'n Kleremakersmuseum."

'n Oomblik voel dit vir haar of die skok haar innerlik verpletter.

"Is jy mal?" skree sy. "Is jy van jou verstand af? Of het die samesweerders jou so totaal ingesluk dat jy nie weet wat jy sê nie!"

"Freda!"

"Verraaier! Met Petronella van Aarde saamgeheul, jy en Dennis en Pa inkluis. Daarom het hy skielik padgegee met Pa en al vir die naweek, nè!"

"Jou pa weet nog van niks, Freda. Net ek en Dennis weet. En dis jou geluk dat Moller van die omsendbrief onthou het en dat Petronella dit vir jou gebring het. Jy kon al jou werk verniet gedoen het en dit eers 'n maand voor die tyd uitgevind het."

"Nié 'n kleremakersmuseum nie. Nie dít nie!"

"Jy beeld die ou dorpskleremaker se bedryf uit, jou pa bly aan en gaan voort met sy werk . . ."

"Nee!"

"Jy kry selfs 'n subtema. Die kombuis en die twee slaapkamers word met die beste kultuurhistoriese meubels gemeubileer. Ek bou in dieselfde styl in die agterplaas vir jou pa 'n slaapkamer met 'n badkamer aan. Sommer inwonende kurator."

"Nee!"

"Weet jy hoe ingenome die hoof van die Raad vir Nasionale . . ."

"Ek gee nie om nie! Ek sê jou ek stel nie belang in daardie tema nie!"

"Dan sal ek, met jou pa se steun, die museum sélf skep en inrig."

Hy sing. Sy kop dink en sy mond sing.

"Prys den Hee . . . r met bly . . . de galmen
Gy myn Zie . . . l hebt ry . . . ke stof . . ."

Dennis moet op die solder kom klim. Daar moet nog twee ou poppe wees, en die naaimasjien van sy oorlede vader.

"'k zal zoo lang ik le . . . f
myn psalmen vro . . . lyk . . ."

Mens moet nooit jou geloof verloor nie en jy moenie oordeel nie. Wie sou gedink het Zerk sou gister met dié tyding hier aangekom het? Ja, Kasselspoort sal 'n museum hê soos min. Zerk sê die mense van die koerant kom hom môre afneem . . . Die plek moet aan die kant kom, Dennis moet sy hare kom sny . . .

"Wyden aan zy . . . n . . . lof . . ."

Snaaks dat hy van Freda nog niks gehoor het nie. Dennis het ook gisteraand gekom. Hy's bekommerd oor Dennis. Dit was so lekker by die see, maar die kind se lag kom net tot by sy mond, kompleet nes een met 'n té swaar bondel op die rug.

Petronella was vanoggend hier. Dennis het haar gesê. Hy en Petronella het sommer saam gehuil. En die ding is deur die dorp: Anna Vlok het kom sê sy het 'n manelpak van haar oorlede oupa wat in hierdie huis gemaak is deur sý oorlede vader. Mens!

Freda sal seker agtermiddag kom.

Zerk sê hy bou eers die kamer en die badkamer aan . . .

Miskien kom Freda vanaand.

"Ma werk te hard," raas Talia toe Petronella net ná vyf by die huis kom. "Kyk hoe lyk Ma se hande en Ma se rok!"

"My kind, het jy geweet Ma kan 'n waterpyp lap?"

"Nee."

"Ek ook nie."

"Ai, Ma . . ."

"Hoe kon ek anders? Hans en die werksmense is bo by die meent aan 't draad span."

"Maar kan oom Koos of oom Krisjan dan nie gehelp het nie?"

"Hulle het hul hande ook maar vol."

Sy maak eers vir haar ma 'n bietjie koffie voordat sy haar van die uitnodiging vertel.

"Raai wie het my gebel?"

"Nee, ek weet nie."

"Tant Freda Raubenheimer."

"Jy speel seker."

"Nee. Sy het my genooi om môreoggend by haar te kom tee drink."

10

Die lewe is 'n lang ry kamers, lê Talia en peins by die eerste tekens van die nuwe dag. Soms bly 'n mens 'n hele paar jaar in een kamer voordat jy na die volgende een toe oorstap. Soms bly jy jou hele lewe lank in een vertrek, soos oom Joos en oom Hans . . .

Buite herhaal 'n mossie sy eerste roep oor en oor en oor. Toe sy klein was, het haar ma altyd gesê dis die wakkermaakvoëltjie; hy moet roep totdat al die ander voëls wakker is.

Tussen toe en nou lê 'n hele paar kamers waar sy deur is: Kasselspoort en kleintyd, universiteit, eerste onderwyspos, tweede onderwyspos . . . Party se deure sluit jy agter jou, ander se deure laat jy op 'n skrefie oop. Uit elkeen neem jy iets met jou saam na die volgende kamer. En een kamer se deur spyker jy toe, jy hamer hom toe, jy sement hom toe sodat jy nooit weer daar kan in nie al kom die onthou van die seer met rukke deur die mure gebars. Jy maak nie daardie toegespykerde kamer oop nie, want Dennis Raubenheimer is in daardie kamer.

En nou is sy in 'n nuwe kamer. Kasselspoort ís 'n nuwe kamer, een wat met die beste uit die ou kamers gemeubileer sal word. Behalwe uit die een waarin Dennis is. Hoekom het sy werklik teruggekom hierheen? Dis of sy haarself met die onverwagte vraag uittart. Toe, wees eerlik!

Sy gooi die komberse van haar af en staan op om die venster oop te maak. Dis 'n mooi oggend. 'n Ster flonker in die laaste stukkie van die nag wat nog oor is. En die vraag wil nie weggaan nie. Sy bly voor die venster staan terwyl dit in haar stuit teen die dieper dink, teen die dink wat by Dennis moet uitkom. Maar sy keer nie die pad van haar gedagtes nie. Sy loop daarmee saam tot voor die toegespykerde deur. Het sy dan tóg onbewus gehoop dat die deur weer sou oopgaan? Is dit hoekom sy teruggekom het? Nee. Is daar innerlike tevredenheid gebore uit die feit dat sy hom sien swaarkry omdat die omgee vir haar so duidelik in hom is? Is dit werklik 'n gevoel van tevredenheid wat in haar is?

Sy draai om en klim terug in die bed. Êrens is 'n hek waar die dink nie wil deur nie en dit laat 'n onrus in haar opstaan waarvan sy nie hou nie. Dit verwar haar.

Sy moet haar gedagtes by Alwyn Hartswater kry. By hom is geen verwarring nie, omdat hy deel is van die nuwe kamer. Die vrou wat Alwyn kry, kry 'n goeie man. Die vrou wat Alwyn liefkry, kry 'n goeie man lief. As sy met hom eerlik is en vir hom sê dat daar iewers in haar iets dood is en dat sy dit nie kan lewend kry nie . . . as sy hom reguit vra om dit vir haar lewend te máák?

In die kombuis maak Petronella koffie en dink die dag se take vooruit. Heel eerste moet sy vir Hannie gaan sê om 'n vergadering byeen te roep en dan moet sy na Johannes toe. Sy wil sy opinie gaan vra oor die randsteen in Bruwerstraat, of hulle nie maar moet deurdruk tot onder nie. Krugerstraat lyk so mooi aan die een kant met die behoorlike sypaadjies, en die Bruwerstraat-mense sê klaar die Krugerstraat-mense word voorgetrek omdat Johannes in Krugerstraat woon. En dan moet sy na meester Kortjé toe oor die skakelkomitee; Krisjan sê die mense in die bruin woonbuurt werk baie mooi saam met die tuinmakery. Nou nie almal nie, soos hier ook maar aan die onderkant van die dorp, maar die meeste is aan die skoonmaak en die plant en dit beteken baie. Die walle van die braksloot moet dringend skoon kom. Een ordentlike donderbui en die water breek oor die walle en loop verniel die skoolterrein en die mense se tuine. En Hans Houtman sê daar loop skape op die meent van iemand wat nie reg gevra het nie . . . Dis darem eienaardig, Dennis was nog nie weer hier vandat Talia terug is nie. Hoekom sou Freda Talia vir tee genooi het op hierdie dag?

"Môre, Ma."

"Hoekom staan jy so vroeg op?"

"Ek het die koffie geruik. Het Ma lekker geslaap?"

"Ja dankie, my kind. En jy?"

"Ek ook."

"Ek moet my kort-kort daaraan herinner dat jy regtig terug is by die huis, dat ek nie netnou hoef goedjies bymekaar te kry vir die weggaan nie," sê Petronella en skink vir hulle koffie. "Ma hoop tog net dat jy gelukkig sal wees, my kind. Dat jy nie môre-oormôre gaan spyt kry dat jy teruggekom het nie."

"Gee Ma om as ek Alwyn volgende naweek nooi om te kom kuier?"

"Glad nie. As dit in jóú hart reg voel, sal ek dit in my hart regmaak."

"Ek dog dan Ma is so erg oor hom."

"Ma se kop wil nie meer elke dag soos Ma se hart wil nie, Talia. Ma raak seker maar oud."

"Hoe wil Ma se hart dan?"

"'n Mens se hart kan nie vir 'n ander voorskryf nie. Drink jou koffie, ek moet uit na die hoenders toe."

"Wat sê Ma se hart oor tant Freda wat my genooi het om by haar te kom tee drink?"

"Ek staan netnou aan dieselfde ding en dink, en ek moet jou eerlik sê, ek weet nie."

"Ek het lus en bel haar en sê vir haar ek kan nie kom nie."

"Dalk wil sy vrede maak."

"Sy het niks om by my oor vrede te maak nie," sê Talia afgetrokke.

"Gaan hoor maar wat sy te sê het."

"Ma weet mos waaroor dit uiteindelik sal gaan."

"Waaroor?"

"Oor Dennis. En oor Dennis het ek niks te sê nie."

"Ek gaan nou eers uit na die hoenders toe."

Dennis talm met opset aan die ontbyttafel sodat sy pa eerste moet klaar wees en loop en hy sy ma alleen kan kry. Hierdie stil oorlog tussen sy pa en sy ma is besig om in intensiteit toe te neem en die atmosfeer in die huis ondraaglik te maak.

"Ma, waarom is Ma so bitter?" vra hy reguit nadat sy pa weg is.

"Hoe sou jy gevoel het as jy in my posisie was?"

"Ek sou verheug gewees het! Dít is wat ek nie kan verstaan nie. Maar Ma krap op die oomblik alles en almal om. Ma onttrek Ma van die museum wat Má oorspronklik bedink het omdat Ma nie Ma se wil op almal afgedwing kry nie en los daarby vir Pa met meer as wat hy kan behartig. Kan Ma dan nie sien hoe moeg Pa reeds is nie? En by dit alles sit Oupa elke dag en wag dat Ma moet kom sê wat hy alles moet doen. Hy weet baie goed dat daar êrens iets verkeerd is, maar hy is te bang om reguit te vra, want dalk moet hy hoor dat die museumtema maar net nog 'n droom was! Ek wil vanmôre van Ma die waarheid weet: waarom wil Ma nie die tema aanvaar nie? Wat is dit wat met soveel bitterheid in Ma daarteen rebelleer?"

"Ek het niks te sê vir jou óf jou pa óf vir enige van julle medesamesweerders nie!" Die haat waarmee Freda dit sê, laat Dennis skrik. "En ek waarsku julle, Dennis, ek aanvaar dat ek verloor het, maar saam met my gaan nog 'n paar mense verloor. Freda Raubenheimer gaan nie hierdie laaste rondte alleen verloor nie!"

"Wat bedoel Ma presies?"

"Presies wat ek sê!" antwoord sy kwaad en voeg driftig by: "Ons sal wag en sien hoe hierdie dorp feesvier om 'n dooie dop en hoe kom jou pa alleen klaar met al die onthaal van die eregaste en hoe lyk hy van kruip in die stof agter Petronella aan!"

"Ma praat teen Ma se gesonde verstand in. Ma weet goed dat Pa nie alles alleen kan vermag nie en Ma buit dit gewetenloos uit. In ma se hande lê die mag om so baie dinge reg te stel wat verkeerd is, maar dit lyk vir my Ma wil nou liewer alles verongeluk sien!"

"Wag 'n bietjie!" keer sy vinnig. "Moenie vir mý kom staan en skuldig maak terwyl die mag om reg te maak of te verongeluk in jou pá se hande lê nie. Hy is die een wat die kleremakerstema kan verongeluk."

"Wat het Ma teen die tema?" vra hy moedeloos.

"Alles!"

"Soos wat?"

"Gaan jy nie vandag werk toe nie?" vra sy en staan op.

"Ma," probeer hy uit 'n ander rigting, "kom ek kanselleer al my afsprake vir vandag en dan ry ek en Ma see toe. Ons gaan eet lekker by die hotel op Coeniesbaai en ons stap tot by die fonteintjies en ons kry oor alles perspektief. Net ek en Ma."

"Ek het ongelukkig 'n ander baie belangrike afspraak vir vandag," sê sy en pak die borde hard in mekaar. "Buitendien, ek het baie duidelike perspektief oor alles."

"Watse afspraak het Ma?"

"Ek vra jou nie uit na jou afsprake nie . . ." En dan voeg sy geheimsinnig by: "'n Mens weet nooit wanneer jy 'n ompad om 'n struikelblok kry nie."

Toe Dennis uit is, gaan sit Freda langs die tafel en skink vir haar 'n tweede koppie koffie. Ek sal Talia in die klein sitkamer ontvang, besluit sy oor die taktiek wat sy wil volg. Sy sal die gesprek eers gewoonweg laat verloop en die regte oomblik fyn uitkyk . . . Miskien moet sy tog ook melding maak van Suzette Dreyer se sussie wat gisteraand hier geëet het; net ingeval Talia dalk dink Dennis sit by die huis en hoop dat sý hom weer 'n kans sal gun.

Kort voor elfuur maak Freda die deur vir Talia oop. Daar is versigtige opgewondenheid in haar. Nog voordat hulle gaan sit, weet sy dat Talia senuweeagtig is. Sy beskou dit as 'n goeie teken.

"Dit verbaas my dat jy kans gesien het om 'n minderwaardige pos hier op Kasselspoort te aanvaar," lei Freda die gesprek met net die regte tikkie snobisme in haar stem in. "'n Mens kan nie help om te wonder waarom jy dit gedoen het nie."

"Ek wou huis toe kom."

'n Hele ruk lank voer Freda die gesels tussen die alledaagse deur. Sy vind Talia se kort bydraes nie bevorderlik vir die doel waarop sy afstuur nie. Dis of die meisie die hele tyd op die verdediging is, of so nie om die een of ander rede op haar hoede is. Sou dit van skuldigheid wees? Voel sy skuldig omdat sy weet dat daar agter Freda Raubenheimer se rug gekonkel word?

"En jou ma is natuurlik baie bly om jou weer tuis te hê," besluit Freda om nader te beweeg aan waar sy wil kom.

"Ek dink so."

Miskien moet sy die gesprek 'n slag na Dennis se kant toe keer, besluit Freda ongeduldig.

"Ek is natuurlik net so bly om weer vir Dennis by die huis te hê. Hy ook. En glo my, hy het vanmôre kans gesien om al sy afsprake te kanselleer sodat ek en hy vir die dag kon see toe gaan!"

"Waarom het tante nie gegaan nie?"

Die meisiekind het nog altyd daardie irriterende gewoonte om jou trompop te loop met 'n antwoord of 'n vraag! "Ek is nie só lief vir die see nie," sê Freda en die volgende oomblik flits die ideale deurkomkans deur haar brein. Vinnig voeg sy by: "Ek is maar hier aan die kant van die Karoo gebore en ek hou van die vlaktes en die berge. Jy is mos in Suidwes gebore. Die meer dorre streke behoort jou te bekoor, nè?"

"Hoekom het tante my vir tee genooi?"

"Wel . . . Wel, ek nooi mos gereeld mense vir tee. Het jy dan vergeet?" Dit voel vir Freda of Talia haar weer eens tot by 'n stopstraat dwing. "Ek wou sommer gehoor het hoe dit met jou gaan, of jy bly is om terug te wees en wat jou planne is."

"Ek het nie enige uitgewerkte planne nie, as dit is wat tante bedoel."

Sy's vermetel, dink Freda en verraai nie die ergerlikheid wat in haar opduiwel nie. "Ek hoop natuurlik elke dag dat Dennis nie te gou weer trouplanne kry nie . . . Dink gisteraand daaraan toe hy en Suzette Dreyer se sussie hier uitstap, hoe 'n oulike paartjie hulle is. Maar ek wil darem so graag hê hy moet eers 'n paar jaar wag. Jy weet, hy is deur diep waters en ek dink nie hy sal ooit weer die verlede wil agternasit nie."

"Hoe ver is tante-hulle met die museum?"

"Kom ons los nou vandag die museum. Ek verstaan die geoloog sleep daar bo by jou en jou ma vlerk," terg Freda. "Ek hoor hy is baie aantreklik."

"Hy is."

"Dan sal ek vir jou duim vashou. Ons arme vroumense leef mos maar altyd met die swaard van die ouderdom oor ons koppe, en op Kasselspoort is nie juis hubare mans nie, nie waar nie?" Die gesprek is besig om totaal verkeerd te loop, sy praat in die wind! dink Freda ergerlik. Met Talia se soort moet jy nie nog probeer diplomaties wees nie, jy moet sommer instorm en die aarde met die waarheid onder hulle uitruk.

"Hoe gaan dit met oom Zerk, tant Freda?"

"Goed. Net baie bedrywig op die oomblik," sê Freda en voel soos een wat 'n sneller moet trek, maar die teiken wil nie stilstaan nie. En omdat Talia nie lank genoeg in die kol wil bly nie, is sý nou besig om gespanne te raak. Die enigste manier om Petronella by te kom, is deur middel van Talia en sy durf nie hierdie kans laat verbygaan nie!

"Ek dink die tema vir tante-hulle se museum is pragtig," merk Talia op. "Oom Joos lyk tien jaar jonger van verlede week af."

"Jy was altyd lief vir Dennis se oupa, nè?" kry Freda vir Talia weer in die kol. "Seker omdat jy self nie 'n oupa geken het nie."

"Ek het mos my oupa van my pa se kant af geken. Ek onthou hom baie goed, al was ek maar in standerd twee toe hy dood is."

Freda huiwer net 'n oomblik voordat sy die sneller trek: "Ek het eintlik bedoel jou eie oupa. Nie jou stiefoupa nie."

"Oupa Van Aarde wás mos my eie oupa. Ek verstaan tante nou glad nie."

En Freda beplan haar toneelspel fyn. Sy sit haar hand vinnig voor haar mond soos een wat iets vreesliks gesê het wat sy nooit moes gesê het nie.

"Hoekom sê tante hy was my stiefoupa?" vra Talia agterdogtig.

"Kom ons drink tee. Ek het regtig nie geweet dat jy nie weet nie," keer Freda kamma skuldig en lui die klokkie vir die tee.

"Was hy dan nie my pa se eie pa nie?" vra Talia verbaas.

"Ek het nie gesê hy was nie jou pappie se pa nie . . . Ek het vir ons lekker botterbroodjies laat bak." Maar die verwarring in Talia se oë is so 'n duidelike teken dat sy die kol getref het dat Freda sonder wag die volgende koeël in die loop sit: "Vergeet nou van wat ek gesê het, Talia, ek was onder die indruk dat jy weet."

"Wat weet?"

"Wat almal tog weet, dat ou dokter Van Aarde jou stiefoupa was."

"Wel, ék weet dit nie, tante! Ek kan ook nie sien hoe dit moontlik is nie. As hy my pa se eie pa was, ís hy mos my eie oupa!"

"Talia, ek is jammer dat ek 'n ding gesê het wat ek blykbaar nie moes gesê het nie," gooi Freda wal en wens haarself geluk met die manier waarop die ding uitgekom het. Niemand sal agterna 'n vinger na haar kan wys nie. Sy het mos nie gesê Petronella is nie Talia se ma nie . . .

"Tant Freda . . ." Talia is openlik aan die skerm. "Wat probeer tante eintlik vir my sê?"

"Talia, ek herhaal: ek het 'n fout gemaak. Vergeet dit."

"Watse fout? Ek wil weet!"

Freda sien die meisie is verwar en 'n oomblik lank kry sy haar selfs jammer. Maar die ding moes op die een of ander tyd tog uitkom en dit is net per toeval nou 'n beter tyd as enige ander tyd.

"Jy moet die saak liewers met jou ma gaan bespreek, nie met my nie."

"Is dít waarom ek vanoggend vir tee gevra was?" eis Talia met oë waarin die vrees nou dreigend lê. "Is dit, tant Freda?"

"Moenie histeries raak nie, Natalia! Ek het in die grootste onskuld 'n ding gesê en hoeveel keer moet ek nog sê dat ek jammer is? In mý gesin is ons nie daaraan gewoond dat dinge vir mekaar weggesteek word nie en gevolglik het ek aanvaar dat dit in alle gesinne die geval is. Ek kan alleenlik herhaal dat ek jammer is."

"Tante lyk nie juis jammer nie!" sê Talia en staan op. Die volgende oomblik vlug sy by die sydeur uit.

Petronella is nie by die huis nie. Talia ry terug tot by die munisipale kantoor, maar Hannie sê sy was daar, maar is nou bo na die slagpale toe om te gaan kyk of die werksmense goed skoongemaak het. By die slagpale sê hulle Petronella is na Jan Greeff toe om te gaan hoor of dit sy skape is wat op die meent wei. En Jan Greeff sê Petronella is kerkhof toe, daar het glo 'n graf ingeval. Hy wou die skape maar net 'n paar dae lank laat wei het . . .

Talia kry Petronella by die kerkhof tussen die ou grafte.

"Ma?"

Petronella skrik toe sy omdraai en die kind 'n entjie agter haar sien staan.

"Talia, hoekom lyk jy só?"

"Ma . . ."

Here! roep Petronella verby die skrik, hoekom lyk my kind dan nou só?

"Wat is dit, Talia, het daar iets gebeur?"

Dis of die vraag diep uit die kind losskeur: "Wie is ek, Ma?"

Die vraag tref eers Petronella se ore en dan haar hele wese. Sy kom orent en sy sien die kind voor haar stukkend staan, en sy hoor haar eie mond sê dat hulle huis toe moet gaan, en haar lyf loop na haar motor toe en klim in en sy ry om al die regte draaie sonder dink, en geen woorde wil bymekaar pas om mee te bid nie. Al wat sy oor en oor kan sê, is: Here, help my. Here, help my.

Dis of haar bene weet dat hulle haar móét regop hou tot waar sy langs die kombuistafel op die stoel kan neersak. Talia kom staan in die middeldeur en die vrees wat in die kind se oë wag, is wreed. Petronella wens sy kan haar kop op die tafel voor haar kind neerlê en sommer net so bly lê.

"Ma?"

Haar tong voel dik in haar mond. "Talia, hoekom vra jy dan dit?"

"Antwoord my, Ma."

Hoekom vandag? Hoekom nou? blits die vrae deur Petronella. Waarom moes hierdie pad vandag ten einde loop? Waarom moes die groot verbrou haar nou kom inhaal toe sy gedink het dit is vir ewig in veiligheid begrawe?

"Ek wil die waarheid weet, Ma."

Maar die woorde wil nie in haar mond vorm nie. Haar hele wese keer teen die oomblik van waarheid en sy moet haar hande voor haar op die tafel inmekaar strengel om die gebewe in hulle te verskuil.

"Talia . . ."

"Asseblief, Ma, vertel my net die waarheid!" Dis soos 'n angsroep.

Die woorde kom soos woorde in 'n slaap. "Ná my en jou pa se troue het jou pa gaan skoolhou in Suidwes. 'n Paar maande later sê die dokter dat ek nooit kinders sal hê nie. Toe kom sê dieselfde dokter twee weke later van 'n jong meisie wat op pad was na Gobabis toe en oorval is deur haar tyd en dat sy in sy spreekkamer die lewe aan 'n dogtertjie geskenk het. Die meisie het nie kans gesien om die kind te hou nie . . . Nee, sê ek, ek wil ook nie die kind hê nie. Ek was nog te bitter oor myself. Die middag gaan lê ek 'n bietjie. Ek moet ingesluimer het, want toe ek wakker word, toe sit jou pa die bondeltjie met die lelike ou gesiggie langs my op die bed neer en hy sê hy het haar toe maar vir hom gevat. Toe vind ons uit die meisie het 'n vals naam opgegee en niemand kon haar opspoor nie. Jy was amper drie jaar oud toe ons teruggekom het Kasselspoort toe; ek het nie my sake met ander bespreek nie, net met jou oupa. En toe stel ons dit jaar ná jaar uit om jou te sê en later besluit ons saam om jou nooit te sê nie."

Sy sien Talia omdraai en kamer toe stap en sy dink sy sal die kind 'n oomblik kans gee om oor die eerste skok te kom . . . Maar dan hoor sy minute later die voordeur toeklap en wanneer sy orent sukkel, hoor sy reeds Talia se motor aanskakel. En teen die tyd dat sy by die eetkamervenster skree, trek die motor al weg . . .

Aan die middagtafel let Dennis onmiddellik op dat daar 'n eienaardige verandering in sy ma is. Sy tree vreemd op en sy praat soos een wat nie kan ophou met praat nie.

"Pa het gesê hy sal nie hier wees vir middagete nie," deel hy haar mee en probeer agterkom wat aan die gang is.

"Professor Muller van Port Elizabeth het gebel, hy wil volgende naweek Kasselspoort toe kom om meer te kom verneem van die museum. Hy sê hy het daarvan in die koerant gelees en hy vertel my sowaar dat sy eie vader 'n dorpsklere-maker was, sy vader het selfs vir die mense skoene ook gemaak. Is dit nie toevallig nie? En wat meer is, professor Muller sê hy het 'n paar goed wat hy graag aan die museum sou wil skenk!"

Sy is senuweeagtig-opgewonde, dink Dennis en vind die

skielike ommeswaai in haar baie vreemd. Daarby kom hy agter dat sy nie weet dat sy twee keer vir hom wortels inskep en glad nie vleis nie . . .

"Ma kink skielik toeganklik vir die gedagte van 'n museumtema," sê hy dronkgeslaan.

"Miskien was ek net 'n bietjie stadig om van die een idee na die ander oor te stap. Miskien kon ek net nie onmiddellik al die moontlikhede van 'n kleremakersmuseum insien nie. Professor Muller sê hulle huis was ook deel van sy vader se werksplek en ook in die middel van die dorp, net soos jou oupa se plek. Die man is gaande oor die museumidee!"

"Aangesien Ma nou blykbaar aan die oorstap is na Pa se kant toe, kan Ma gerus tog by Oupa 'n draai gaan maak. Hy het iets agtergekom en hy is besig om stilweg in sy onsekerheid terug te kruip. Ek was vanoggend daar."

"Miskien stap ek net ná ete gou na hom toe. Jou pa het van 'n subtema ook gepraat en professor Muller sê hy weet waar ons 'n ou koperbed sal kan kry . . . Miskien kan ons 'n paar van die ander skenkings ook gebruik . . . Dis maar goed dat ek nog nie al die goed teruggegee het nie."

"Ma, ontspan! Kyk hoe bewe Ma se hande. Wat ís dit? Het iets Ma ontstel?"

"Dit is sommer die ontlading van al die spanning van die afgelope tyd."

Die telefoon lui in die gang en sy ruk soos sy skrik.

"Ek sal gaan hoor wie dit is," keer Dennis toe sy wil opspring.

"Dalk is dit weer professor Muller," sê Freda met 'n vreemde glinstering in haar oë.

Maar dis Petronella, en Dennis weet dadelik daar is iets verkeerd.

"Ek kan jou nie oor die foon sê nie, Dennis, jy moet asseblief hierheen kom."

"Ek kom onmiddellik."

Daar is 'n onrustigheid in Freda toe hy terugkom in die eetkamer.

"Wie was dit?"

"Ek sal Ma later sê. Ek kan nie nou verder eet nie," sê hy en trek sy baadjie aan.

"Maar wie was dit?" vra sy weer. Hy sien haar kneukels wit span om die mes en vurk in haar hande en hy weet intuïtief dat hy nie moet sê wie gebel het nie."

"Sommer 'n kliënt, Ma," lieg hy.

Hy kry Petronella in die sitkamer. Sy lyk soos een wat onder swaar verdowing is.

"Wat het gebeur, tante?" vra hy verskrik.

"Talia is weg. Sy's met haar motor weg en jy moet haar vir my gaan soek."

Dan kom hy eers agter dat Petronella van Aarde in 'n ernstige toestand van skok verkeer.

"Tante, probeer net 'n rukkie kalm bly en vertel my wat gebeur het."

"Sy het uitgevind dat sy nie my eie kind is nie."

"Hoe?" 'n Nuwe vlaag skok tref hom.

"Ek weet nie. Iemand moet haar gesê het."

Dennis draai om en stap telefoon toe. Sy hande bewe onbeheerbaar toe hy die gehoorbuis optel en dokter Snyman se huisnommer vra.

"Het jý dit geweet, Dennis?" vra Petronella toe hy terugkom en voor haar op sy hurke kom sit.

"Skoolgerugte jare gelede. Maar ek het nooit werklik daaroor nagedink nie. Hoe het sy uitgevind, tante? Wie het dit vir haar gesê?"

"Ek is nie seker nie," sê sy en dan kom 'n amper waansinnige haas in haar op en sy gryp hom aan die skouer. "Jy moet by die dam gaan kyk. En by Julies se Berg. Dis die plekke waarheen sy destyds oor jou gevlug het. Dennis, sy mag nie iets oorkom nie!"

"Bly kalm, tante. Ek sal gaan sodra die dokter kom. Hy het belowe om dadelik te kom . . . Tante se hande is yskoud. Wat het tante vir Talia gesê?"

"Die waarheid. Wat kon ek anders sê? Sal sy terugkom, Dennis?"

"Glo dit net, tante. Glo dit!" Hy sê dit ook vir homself.

"Sal sy my ook haat?"

"Moenie so sê nie. Bly kalm en vertel my waar Talia oral vandag was." Hy móét dit weet.

"Sy het by . . . Sy was dorp toe."

"Moenie vir my jok nie, tante."

"Sy het by jou ma gaan tee drink," erken Petronella verwese.

Nadat Dennis weg is, kan Freda nie die kos in haar mond kry nie. Dit voel vir haar of die storm wat in haar woed, saamtrek in haar kop. Talia se oë wil nie voor haar weggaan nie. Die meisie se oë het gelyk soos die dag toe hulle die hond se laaste kleintjie weggegee het en sy met haar oë kom vra het waar haar kleintjie is!

Dit voel vir haar of die huis haar inmekaardruk. Sy moet uit. Sy sal gaan regmaak met haar pa. Ja, dis wat sy sal doen! En dan sal sy na Zerk toe gaan en vir hom gaan sê sy is jammer oor alles en dat sy die hele museumstigting by hom sal oorvat. En sy sal iets kom bak om môreoggend kantoor toe te stuur. Sy het lank laas iets vir die kantoor gestuur . . . Sy moet net besig bly sodat sy nie so aanhou dink oor wat sy gedoen het nie!

Sy sien die hoop in ou Joos se oë kom toe sy in sy deur staan.

"Freda?"

"Middag, Pa. Dis so 'n lekker dag, ek het sommer 'n entjie gaan stap . . . Ek wou eintlik net vir Pa kom sê dat ek nie sal toelaat dat Pa onder by Hans-hulle intrek solank daar aan die huis gewerk word nie. Pa kom trek by ons in. Ek sal Pa se kamer sommer môre laat regmaak."

"Pa wil nie moeite wees nie, Fredatjie . . . Die duiwel het my al klaar kom wysmaak dat ek seker maar gedroom het van die museum en alles."

"Dan moet Pa die duiwel vinnig wegjaag, want ons kan nie nou bekostig om met die duiwel te sukkel nie. Daar is baie wat gedoen moet word. Pa het nie dalk vir Zerk gewaar nie?"

"Hy was nie hier nie."

"Petronella was nie dalk hier nie? Ek verneem sommer maar net."

"Nee, sy was nie hier nie."

"Miskien moet Pa maar so gou as moontlik oortrek na ons toe. Ek sal kyk dat die bediendes vir Pa 'n lekker afval kook. Stampmielies ook. Dennis moes vanmiddag so vinnig na 'n kliënt toe, hy kon nie eens sy kos behoorlik eet nie. Hy was nie dalk hier by Pa aan nie?"

"Hoe praat jy dan nes 'n opgewende orrel, Freda? Jy moet hierdie museum-besigheid stadig aanpak; ek sal jou help en my oë sal self agter alles kyk. Jy kan net sê waar jy die goed wil hê en so aan. En jy sal moet kyk dat Zerk ook stadiger, daar is genoeg tyd om alles klaar te kry."

"Daar is glad nie so baie tyd oor as wat Pa dink nie. Onthou, hierdie huis moet nog eers gerestoureer word en . . . Is dit dan nie Dennis se motor wat hier verbyjaag nie?"

"Ek het nie gesien nie. Voel jy sleg, Freda? Hoekom is jy so wit?" vra die ou man skielik onrustig.

"Sommer van al die spanning, Pa."

Teen die voordag van die volgende môre weet Petronella instinktief wat in die wakkerwees vir haar wag en sy probeer vasklou aan die slaap. Maar die bewustheid kom al hoe helderder in haar deur en sy weet sy lê op haar bed, sy weet sy het nog haar klere aan en iemand het te veel komberse oor haar gegooi.

Daar is iemand by haar in die kamer. Talia? kom die hoop in haar op.

Maar dis Dennis wat voor die bed sit toe sy haar oë oopmaak en orent kom.

"Dennis?"

"Lê nog, tante. Sy is op Coeniesbaai in die hotel. Ek was hier toe sy gisteraand gebel het."

"Wat sê sy?" vra Petronella bang.

"Dat sy nie gesteur wil wees nie."

"Is dit al?"

"Min of meer. En tante moet my belowe dat tante haar tyd sal gun om hierdie ding eers vir haarself te verwerk."

"Hoe laat is dit?"

"Vieruur."

"Het jy die hele nag hier gesit?"

"Ja. Maar ek het darem met rukkies ingesluimer."

"Wat sê sy, wanneer kom sy huis toe?"

"Sy het nie gesê nie, tante," sê hy en steek sy eie onrustigheid weg.

"Sal sy terugkom, Dennis?"

"Ons moet dit net aanhou glo."

"Gee my 'n bietjie water . . ."

Dennis hou die glas voor haar mond en laat haar drink. Hy besef vir die hoeveelste maal dat Petronella binne 'n kwessie van ure verouder het. Sy eie gedagtes is soos 'n vuur wat in hom smeul. Die vrae wat in hierdie nag by hom opgekom het, het amper bomenslike selfbeheersing van hom geverg. Het sy ma dit vir Talia gesê? Was dit haar gewete wat haar gistermiddag aan tafel so vreemd laat optree het? En Talia? Hy het nie die moed om vir Petronella te sê dat Talia ook gesê het dat sy vir Alwyn Hartswater sal vra om haar goed te kom haal nie.

"Jy moet gaan rus, Dennis," sê Petronella en leun terug teen die kussings.

"Ek sal wag totdat dit lig word."

"Dis nie nodig nie. Ek sal regkom."

"Hoe voel tante?"

Sy dink 'n rukkie voordat sy moeisaam sê: "Soos 'n mens voel as jy aan die einde van 'n lang reis gekom het en daar skielik nie 'n pad is wat verder gaan nie. Jy moet staan en wag om te sien of daar êrens vandaan uitkoms is of nie."

"Dis die inspuiting wat nog nie uitgewerk is nie. Slaap nog."

"Hoe het sy geklink, Dennis?"

"Dis moeilik om te sê, tante. Ons kan maar net wag."

"Dankie dat jy na my gekyk het. Gaan rus nou."

"Ek sal, tante."

Net ná vieruur die oggend maak Freda vir Zerk wakker.

"Zerk, Dennis het nie huis toe gekom nie! Word wakker! Ek was kombuis toe om water te drink en hy is nie in sy kamer nie."

Dit duur nog 'n paar sekondes voordat hy heeltemal wakker is. "Kom lê, hy is seker by 'n meisie."

"By wie? Zerk, word wakker! Daar is iets verkeerd. Ek weet dit!"

Hy kom stadig orent en soek sy bril langs hom op die kassie. "Wat het hy gesê toe hy gister hier uit is, Freda?"

"Niks. Zerk, jy moet die polisie bel!" vra sy bang.

"Wag nou eers. Jy het gesê iemand het hom gebel. Gister."

"Ja."

"Hou op om so op en af te loop, Freda! Het hy gesê wie dit was wat gebel het?"

"Ek hét jou mos al gesê, 'n kliënt!" skree sy.

"Moenie jou so opwerk nie, vrou." Hy dink 'n oomblik voordat hy vra: "Onthou jy die Sondagoggend van die langnaweek toe daar ook iemand vir hom gebel het en hy ook so haastig moes uit?"

"Ja."

"Ek dink mos nou skielik daaraan."

"Hoekom?"

"Dit was Talia wat hom daardie oggend gebel het."

Sy gaan sit stadig op die punt van die bed en kramp haar kamerjas voor haar bors in haar hande vas.

"Talia?" vra sy met wydgerekte oë. "Hoe weet jy dit?"

"Ek het hom later gevra en hy het my gesê."

"Wat wou sy gehad het?" vra sy skaars hoorbaar.

"Ek weet nie."

"Zerk, ek gaan naar word . . ."

Sy probeer haar kop met haar hande stut, en hy spring uit die bed en druk haar vorentoe en vryf met sy hand in haar nek. Haar lyf voel tot breekpunt toe gespan onder sy hande.

"Freda!" sê hy onrustig. "Waarom is jy so gespanne? Ontspan, Dennis is 'n grootmens."

"Daar is iets verkeerd, ek weet. Jy moet die polisie bel."

"Moenie verspot wees nie. Ek sal gaan kyk of ek hom iewers kry . . . Kom lê nou."

"Ek kan nie, ek is naar."

Dan kom die gedreun van 'n motor van ver af deur die stil dorp . . .

"Dis Dennis," sê Zerk. "Kom lê nou, jy is yskoud."

"Nee," stry sy en staan op.

Sy gaan wag Dennis by die kombuisdeur in.

"Ons het amper die polisie gebel!" sê sy toe hy binnekom. "Waar was jy die hele nag?"

Maar hy antwoord haar nie. Hy loop verby haar na die sitkamer en reguit na die drankkabinet toe.

"Wat maak jy nou?" Sy kom staan agter hom.

"Ek soek 'n bietjie brandewyn," antwoord hy kortweg.

"Dié tyd van die môre?" vra sy onseker. "Het daar iets gebeur?"

"Ons kan later daaroor praat . . . Môre, Pa," groet hy verby haar na Zerk wat in die deur kom staan het.

"Môre, Dennis. Gooi maar vir my ook iets in."

"Zerk!"

"Hierdie tyd van die dag is dit medisyne, Freda. En gooi vir jou ma ook 'n druppel in, sy het netnou amper omgekap."

"Waar was jy die hele nag?" vra Freda weer.

Hy antwoord haar nie.

En sy weet skielik dat sy nie weer moet vra nie, dat sy nie werklik wil weet nie . . .

"Wel," probeer Zerk skerts, "as hy by 'n meisie was, het hy maar sleg daarvan afgekom. Nie eens op my beste dae het ek só gelyk ná 'n nag se kuier nie. Jy sal vir my kan getuig, Freda!"

11

Toe Petronella die koffie en die beskuit in haar liggaam het, voel sy sterker. Haar kop dink helderder. Buite breek die dag en saam daarmee kom die eerste woorde: "Here, wees met Talia in hierdie dag, sterk haar en vertroos haar. Vir myself vra ek niks, Here. Die omkrappers het gewen en ek aanvaar dit. En as dit U wil is, laat haar huis toe kom, Here. Ek kruip voor U, en pleit by U: laat haar huis toe kom."

Sy was die koppie en die piering. Sy loop uit in die tuin. Haar oë kyk om haar rond, maar sien niks werklik raak nie. Sy hoor die hoenders en dit duur 'n rukkie voordat sy besef hulle vra die dag se rantsoen. Terug in die kombuis val dit haar by dat sy nie die wildeduiwe se kos langs die hok gestrooi het nie. Sy loop weer buitentoe. Die kerkhorlosie slaan tydsaam . . . sy tel drie slae. Dit kan nie reg wees nie, dit moet sesuur wees.

"As dit U wil is dat sy terugkom, Here, sal ek die res van my lewe daaraan wy om reg te maak wat ek aan haar verkeerd gedoen het."

Dan begin die twyfel weer in haar opstaan. Sê nou Talia kom nie terug nie? 'n Mens het al van baie sulke gevalle gehoor. Of sê nou sy kom huis toe en sy is teenoor my ook dood soos teenoor Dennis?

Is dit Freda wat die kind gesê het? Sy keer haar gedagtes. Om hieroor te kan dink, moet 'n mens eers baie sterk wees . . .

Ja, Here, bieg sy in haar hart, ek het Kasselspoort probeer regkeer en my siel daardeur verloor. Ek het gedink ek kan op my manier wen, en nou het ek alles verloor. Ek het gedink ek kon Talia met 'n leuen beskerm en toe haal die waarheid my in toe ek dit die minste te wagte was.

En daar is 'n kalmte in haar toe sy kort voor agtuur die

brief skryf en onderteken. Die weemoed in haar hart is by trane verby; dis 'n weemoed wat aan wanhoop grens.

"Meneer Raubenheimer, asseblief," vra Hannie om met Zerk te praat. "Senior."

"Ja?" antwoord hy kortaf aan die ander kant.

"Meneer, dis ek, Hannie. Kan meneer asseblief gou hiernatoe kom?" vra sy en probeer haar stem gewoonweg hou.

"Ek het kwart oor nege 'n afspraak, Hannie, en dis nou tien oor."

"Dis baie dringend, meneer. Ek kan dit nie oor die telefoon sê nie." Die paniek slaan in haar stem deur.

"Goed dan, ek kom gou oor."

In haar hart sê Hannie sonder om te dink Abraham Moller se woorde: My senuwees sal dit nie kan hou nie.

Minute later, toe Zerk by die deur inkom, hou sy die brief na hom uit en sê: "Tant Petronella het bedank."

"Wat?" sê hy geskok en gryp die brief uit haar hand.

Snaaks, dink Hannie, 'n mens kan amper glo dat hy regtig geskok is.

"Haar buurvrou se tuinman het die brief kom afgee."

"Maar dis onmoontlik! Ek kan dit nie glo nie," sê Zerk verslae en sit die brief op die lessenaar neer.

"Dit beter 'n grap wees wat tant Petronella vanmôre maak, want anders sit ons in 'n groot gemors."

"Dis geen grap dié nie, en jy weet dit net so goed soos ek, Hannie!"

"Maar sy het dan gister niks makeer nie, meneer! Ek meen, sy het nog agter alles gekyk."

"Mag ek jou telefoon gebruik?"

"Natuurlik."

Zerk bel sy kantoor en vra dat hulle al sy afsprake vir die dag kanselleer. Jammer, géén uitsonderings nie. Hy sal net die argitek te woord staan.

"En nou, meneer?" vra Hannie.

"Nou gaan ek na Petronella toe om te hoor wat die duiwel aan die gang is. Sy moet eenvoudig hierdie bedanking terugtrek en klaar!"

Snaaks, dink Hannie, 'n mens kan hom amper glo . . .

In die deur draai hy om en sê dreigend: "Een enkele woord hiervan buite hierdie vier mure en jóú bedanking lê ook op my lessenaar!"

Ou Koos loop sommer by die agterdeur om, want hy weet Petronella sal hierdie tyd van die dag in die kombuis wees. Die bodeur staan oop.

"Hoei!" roep hy oor die onderdeur. "Môre! Is jy by die huis?" Sy kom van binne af. Stadig. "Ek kom kry net gou die vygies wat jy gesê het ek kan kry. En ek wou jou sê dat ek gister daardie onooglike oorle' kragstasie van ons rondom met klimop beplant het sodat die besigheid kan toerank . . . Wat lyk jy vanmôre nes 'n hoender wat die piep het?"

"Môre, Koos. Die vygies staan langs die huis. Trek maar uit soveel jy wil hê."

"Is jy siek? Hessie lê ook vanmôre met die somergriep. Ek het hom een jaar gehad en ek het by die dood omgedraai, sê ek jou. Jy moet sommer vroegtydig dokter toe gaan, jy kan nie nou staan siek word nie!"

"Nee, Koos. Ek is nie siek nie. Trek maar uit die vygies."

"Jy lyk nie na een wat niks makeer nie. Ek hoor juis Abraham is so mooi beter en nou wil jý staan en peuter. Loop lê in die kooi en vat 'n stywe dop lewensessens met 'n paar druppels brandewyn in vir die sweet. Niks beter nie. En hier trek meneer Raubenheimer se kar ook langs die huis in . . . Dan sê ek maar eers dag. Ek sal self regkom met die vygies."

"Tot siens, Koos."

Toe sy die voordeur vir Zerk oopmaak, is daar dieselfde doodsheid in haar stem.

"Kom binne, Zerk."

Hy wag totdat sy gaan sit voordat hy praat.

"Petronella, wat is hier aan die gang?"

"Ek neem aan dat jy my bedanking ontvang het."

"Ja. Maar ek aanvaar dit nie."

"Jy het nie 'n keuse nie, Zerk."

Dit is onnatuurlik stil in die huis. Buite skel 'n laksman en sy maat skel terug. 'n Hoender kekkel en 'n motor ry verby.

Die vreemde stilte is net in die huis, en Zerk weet dat wat ook al gebeur het, nie 'n gewone ding is nie; 'n vrou soos Petronella gaan lê nie sommer so van 'n sagte hou nie. Êrens wil skakels inmekaarhaak, maar sy brein kry hulle net nie bymekaargedink nie . . .

"Petronella, wat het hier gebeur, hoekom lyk jy so?"

"Ek het nie vandag praat in my oor nie, Zerk. Julle moet my net met rus laat."

"Waar is Talia?"

"Sy is nie hier nie," sê Petronella verwese.

"Waarom het jy bedank?"

"Ek het verloor."

"Teen wie?"

"Teen die omkrappers."

Dis 'n skakel wat wil-wil pas. "Is dit oor iets wat ek gesê of gedoen het, Petronella?" vra hy haar reguit.

"Zerk Raubenheimer . . ." 'n Stukkie van die ou Petronella wil-wil moedig opstaan. "Ek staan nie vanmôre voor jóú in die beskuldigdebank nie, maar voor God alleen. En ek pleit nie onskuldig nie, dis net dat die omkrappers my geslaan het toe ek my waaksaamheid laat verslap het."

Hy sien haar moegheid en dit tref hom opnuut hóé verpletter sy daar in die stoel sit.

"Petronella, waar is Talia?" vra hy.

"Sy is weg. En nou moet julle my met rus laat."

"Maar ek kan jou nie so los nie. Is daar dan nie iets wat ek kan doen nie?"

"Jy kan vir my bid. Jy kan vra dat die haat my nie moet oorval nie, want dít is in hierdie uur my grootste vyand: dat ek wil haat vind in my hart."

"Teenoor wie?" soek hy die skakel.

"Ek het niks meer om te sê nie, Zerk."

"Petronella," sê hy en gaan sit voor haar op die voetbankie, "ek en jy het baie verskille gehad. Die laaste tyd was ons albei so besig . . . Dit het tog beter gegaan! Ek is vanoggend selfs bereid om te erken dat jy besig is om jou uitstekend van jou taak te kwyt. Daarby kan ek nie doen wat ek op die oomblik alles moet doen plús nog wat jy ook doen nie. Dis eenvoudig onmoontlik!" Maar dit lyk of Petronella nie hoor wat hy sê nie, of sy nie omgee wat hy sê nie, en vir die eerste keer pak 'n werklike onrus hom beet. "Petronella," sê hy dringend, "ek is bereid om vanmôre my hand na jou toe uit te steek, nie as raadslid nie, maar as Zerk Raubenheimer." In sy gemoed kom 'n gevoel van ontknoping, van versagting, maar hy weet Petronella hoor nie werklik wat hy sê nie. "Praat met my, Petronella!"

"Jy moet my nou verskoon, Zerk. Ek moet 'n koek gaan bak. 'n Vlakoek. Talia eet tog so graag vlakoek."

"Waar is Talia?" vra hy vinnig.

"Sy is weg, maar sy sal weer terugkom, ons moet dit net glo."

Dít is die skakel, besef hy skielik en klou daaraan vas.

"Hoekom is Talia weg?" vra hy.

"Talia is nie my eie kind nie."

"Ek weet."

"Het jý haar dit gesê?" vra Petronella wrang en laat vir hom die skakel pas waar dit hoort.

"Nee," sê hy stilweg, "ek sou baie aan jou gedoen het, maar nie dít nie, Petronella."

"Snaaks, ek glo jou."

Dennis moet homself dwing om te luister na wat die man oorkant die lessenaar sê, hy moet konsentreer om die regte vrae te vra: Vir watter bedrag het u borg geteken? Is u die enigste borggewer? Dit is 'n tipiese geval: teken vir jou broer en betaal met jou bloed.

Die telefoon op sy lessenaar lui. Dis een van die tiksters wat vra hoe lank hy nog sal besig wees. Sy pa wil hom dringend spreek.

'n Kwartier later sit hy in sy pa se kantoor.

"Dennis, weet jy iets van wat by Petronella gebeur het?"

"Hoe weet Pa dat daar iets gebeur het?"

"Ek kom 'n rukkie gelede daarvandaan. Petronella van Aarde het uit die raad bedank, en besef jy waar dit my beland?"

"In die stoel." Hy wou dit nie só laat klink het nie, maar 'n nag sonder slaap maak dat mens nie so versigtig is omtrent wat jy sê nie.

"Dis 'n verwyt," sê Zerk verslae.

"Ek is jammer, Pa. Dit was onredelik van my."

"Wie de duiwel het dan die slegte tyd gekies om vir Talia te loop vertel dat sy nie Petronella se kind is nie?"

"Pa," sê Dennis en vee moeg oor sy gesig. "Ek was vanoggend voor werk gou by Oupa langs. Ek het hom gedwing om vir my baie dinge te vertel . . . Ek verstaan nou baie dinge wat ek eers nie begryp het nie, en al wat ek vir Pa kan sê, is dat Ma vir Pa op hierdie oomblik baie nodig het."

"Hoekom sê jy so?" vra Zerk verbaas.

"Omdat Ma nog al die jare met 'n skaduwee tussen haar en die son leef waarvan ons nie geweet het nie."

"Waarvan praat jy?"

"Ek weet nou waarom Oupa sy huis in die eerste plek aan Ma afgegee het . . ." En hy vertel met 'n ongekende moegheid in sy stem dít waaroor ou Joos Jakobs die oggend gebieg het.

In Zerk word woede verbystering, en dan tref die paradoks hom: dis alles dinge wat hy geweet het, maar net nie gewéét het nie! Maar Freda moet wag vir later, hy moet terug na Petronella toe. Elfuur kom die restourasie-argitek vir hom inspeksie doen by die Langstraat-huisies en die hemel weet, hy is skielik tot in sy siel toe uitgeput!

Kwart voor vyf die middag gooi Dennis brandstof in en vyfuur ry hy in die rigting van Coeniesbaai uit die dorp. Talia het gesê sy wil nie gesteur wees nie. Hy het die hele dag gehoop sy sou bel. Kort ná drie het hy die hotel gebel, maar sy was nie in haar kamer nie. Daarna kon hy die woede wat in hom wou saampak, nie meer keer nie. Goed, Alwyn Hartswater sal gestuur word om haar goed te kom haal. Alwyn Hartswater wen dus. Maar nie voordat Talia besin oor wat sy aan Petronella doen nie! En in hom sweer hy dat hy haar tot by Petronella sal sleep as dit moet, maar dít gaan sy nie aan Petronella doen nie. As sy dalk nie meer op Coeniesbaai is nie, sal hy tot in die Kaap ry en haar by Hartswater loop uithaal, maar Talia sal Petronella in die oë kom kyk!

Hy was kort voor eenuur gou weer by tant Petronella aan. Sy het 'n koek gebak. Vir Talia. Sy het die eerste ryp vye gepluk. Vir Talia. Sy het die ruite gewas. Vir Talia. Sy het die beste bêredeken uitgehaal en oor Talia se bed gegooi.

Hy kyk op sy horlosie: nog 'n uur se ry tot op Coeniesbaai. Hy moet homself dwing om stadiger te ry . . .

Die mens in sy desperaatheid doen desperate dinge, dink hy oor sy ma. En as jy eers in die maalkolk van desperaatheid beland, is dit of jou logika so oorduiwel word dat alleen 'n desperate daad jou tot jou sinne ruk. En dan kom die besef van wat jy aangevang het eers wanneer dit te laat is. Hy weet. Die ironie van alles lê vir hom by die feit dat nóg sy pa nóg hy ooit geraai het wat oor die jare heen in sy ma geskuil het. Resultate van vernederings. En so leef 'n mens saam met ander mense, die naaste van die naastes, en jy ken hulle nie. Soos Talia ook. Wie sou kon dink dat dít haar reaksie sou wees? Omdraai en aanloop.

Freda lê in die spaarkamer op die bed toe Zerk haar kry. Wat die hele dag moes wag, moet nou gebeur.

"Freda!" Die deernis wat hy vir haar voel, is nie in sy stem nie. "Slaap jy?"

"Hallo, Zerk." Sy draai haar op haar rug en keer met haar hand oor haar oë toe hy na die venster stap en die gordyne oopruk.

"Jy moet opstaan, Freda!"

"Ek het 'n bietjie kom lê, ek het 'n hoofpynpil gedrink," sê sy moeisaam.

"Ek sê, jy moet opstaan en jy moet na Petronella toe gaan!"

Dis soos 'n klap wat haar tref. Die vrees wat in haar oë kom, is sonder wegsteek en sy sit vinnig regop. "Is . . . is iets verkeerd?"

"Ek wil maar net hê jy moet gaan kyk hoe lyk Petronella in die stof waarin sy gaan lê het; hoe lyk 'n sterk mens wanneer sy neergeslaan het en om genade kruip. Talia is weg, Freda. Ek dink nie ek hoef jou te sê waarom nie."

"Hoe moet ék dit weet?" probeer sy 'n laaste uitkoms gryp.

"Omdat jý haar gesê het dat sy nie Petronella se eie kind is nie!"

"Ek het dit nie gesê nie! Ek het net gesê . . . ek het net vir haar gesê . . . Wanneer is sy dan weg?" vra sy verwilderd en dis of 'n naskok haar tref.

"Gister. En Petronella het bedank uit die raad."

"Zerk?"

"Dis wat ons wou gehad het, nie waar nie?" sê hy met selfverwyt wat aan veragting grens. "En jy het die tyd só fyn gekies dat sy dit op 'n tydstip gedoen het waarin ek dit die minste kan bekostig om in die stoel te beland!"

Sy antwoord hom nie, haar kop sak net al laer vorentoe.

"Jy moet opstaan, Freda, jy moet na Petronella toe gaan."

"Nee!" skrei dit uit haar. "Ek kan nie. Ek wil haar nie so sien nie . . . Zerk, ek wou haar seermaak soos wat ek seergemaak is . . . Ek het nie bedoel dat Talia moet weggaan nie, ek wou net Petronella laat voel hoe dit is om seer te kry . . ."

"Staan op, Freda!" gebied hy.

"Ek sal vir haar 'n brief skryf, ek sal sê hoe jammer ek is oor alles, ek wil net nie na haar toe gaan nie," pleit sy.

" 'n Brief kan die skade nie regmaak nie, net jý kan gaan en probeer om 'n stukkie van die skade te herstel. Staan op, ek sal jou na haar toe neem."

"Zerk, asseblief . . ."

"Kom, Freda!"

"Moenie dit van my verwag nie, asseblief nie."

Êrens in die huis gaan 'n deur oop en in die gang hoor hulle ou Joos wat soek-soek roep.

"Wat is dit, Pa?" Zerk loop tot in die deur.

"Daar het 'n man gebel," vertel ou Joos uitasem. "Hy sê hy het in die koerant gelees van die museum en hy wil opsluit die eerste pak klere hê wat in die museum deur my twee hande gemaak word. Hy sal my aankomende week kom sien sodat ek sy mate kan neem en alles. Ek het nou vir Hans loop sê, as dit so begin, sal hy weer moet kom help en ek sal moet . . ." Dan sien hy eers vir Freda wat inmekaargekrimp op die bed sit en hy skrik. "Is jy siek, Freda?"

"Nee, Pa . . . Maar Pa . . . Pa, ek het die vreeslikste ding gedoen." En sy sê dit met die vrees van 'n kind se bieg.

Toe dit begin skemer word, gaan lê Petronella op haar bed. Sy luister nie meer na elke geluid wat dalk Talia se motor of Talia se voetstappe kan wees nie. Talia sal nie meer vandag huis toe kom nie. Miskien môre. Môre sal sy weer luister. Môre sal sy weer bid en glo . . . nou moet sy eers 'n bietjie rus.

Vroeër die middag wou die wag en die hoop en die twyfel haar verdruk totdat sy moes vlug uit die huis. Sy het in haar kar geklim en kerkhof toe gery en sommer 'n bietjie om Dawid se graf gaan skoonmaak . . . sommer haar hart gaan uitpraat waar niemand kan hoor nie. Sy't vir Dawid alles vertel. Sy't vir hom gesê van gister en dat Talia weg is en van Dennis wat by haar gewaak het en van die haat wat in haar wil kom lê en wat nie wil stuit nie. Sy het hom vertel van Freda en van Zerk.

Dit was rustiger in haar toe sy die gruis klaar skoongemaak het en die potte gewas het en sommer met 'n bossie 'n bietjie gevee het. Dit het vir haar gevoel asof Dawid alles gehoor het wat sy gesê het.

Toe het sy maar weer kom wag en kom hoop en kom twyfel. En nou wil sy net eers rus . . .

Dis stil voor die hotel toe Dennis stilhou. Hy het hom tot 'n koel-nugter woede opgewerk op pad hierheen. By die ontvangstoonbank vra hy bars of juffrou Van Aarde nog daar tuis is.

"Ja. Kamer 12. Gang af, trap op en dan links."

Die opgekropte spanning lê soos 'n gewig in hom toe hy die eerste klop gee. 'n Tweede en 'n derde klop . . . Hy voel aan die deur en dis oop. Maar Talia is nie in die kamer nie. Hy loop weer terug na die voorportaal en uit op die stoep wat oor die see uitkyk.

Die wind kom reg uit die see uit. Agter op die horison is die laaste tekens van die son 'n ligroos skynsel teen die dun wolkbank. Dis laagwater. Hy soek met sy oë en kry haar 'n entjie die rotse in waar sy gebukkend langs 'n poel sit en staar na iets voor haar in die water.

Hy loop tot amper by haar voordat sy omkyk.

"Middag, Talia." Haar oë is dik gehuil. Sy lyk nie verbaas

om hom te sien nie. Sy staan net op en bly so staan. "Groet jy nie?" vra hy. Sy staan net. En alles wat hy opgekrop het, kom in hom los en ontlaai in sy stem: "Nou weet ek waarom hulle sê dat 'n mens wat openlik baklei nie gevaar inhou nie, maar dat jy moet oppas vir die een wat binnetoe baklei! Jy kan mý vir die res van jou lewe haat, Talia, jy kan vir die res van jou lewe binne-in jou teen my baklei, maar jy gaan dit nie aan Petronella van Aarde doen nie! Hoor jy my?" Sy staan net. "Jou ma se liggaam mag jou nie gebaar het nie, Talia, maar haar siel het aan jou die lewe geskenk. Want jy is soos sy, julle is van dieselfde stof gemaak . . . Behalwe dat sy van genade geleer het en jy nie. En daarby kan niemand jou liewer hê as wat sý jou het nie . . . behalwe ek." Hy sien in haar oë dat dit tref. "Jou ma, Petronella van Aarde, het vanmôre uit die raad bedank, Talia! Sy glo dat sy verloor het teen dít wat sy gedink het sy kan oorwin. Jou ma het gaan lê, Talia! Sy het gaan lê omdat sy jou verloor het. Hoor jy my?"

"Het jy geweet dat ek nie haar eie kind is nie?" vra sy skaars hoorbaar bo die branders se gedruis, en die trane in haar stem.

"Ja."

"Hoekom het jy my dit nooit gesê nie?"

Sy is moeg, besef hy skielik. Sy is só moeg dat sy nie eens agterkom dat sy besig is om met haar hele wese na hom uit te reik nie, dat sy 'n oomblik vergeet het om te baklei.

"Dit was nie vir my van belang nie," antwoord hy haar. "Vir my was jy net oom Dawid en tant Petronella se dogter en jy sal dit altyd vir my wees. Maar toe sondig tant Petronella teen jou deurdat haar liefde vir jou haar weerhou het van 'n waarheid, en nou is sy magteloos teen die baklei wat in jou gekom het. Soos wat ek magteloos staan voor die baklei wat ook teen my in jou is. Dis eienaardig, die twee mense wat jou die liefste het, het jou ook die seerste gemaak, en dieselfde twee se diepste berou kan jou nie bereik nie, want die baklei wat binne-in jou is, maak skynbaar alle genade in jou dood!"

"Hou op." Dis soos 'n roep om hulp.

"Ek sal nie ophou voordat ek nie genade in jou vind vir jou ma nie."

"Ek het nie gesê dat ek nie vir haar genade het nie. Maar dit maal my stukkend van binne omdat sy my nie met die waarheid vertrou het nie, omdat ek dit op só 'n manier moes hoor!"

"Nou goed, maar kom dan huis toe. Kom huis toe voordat die baklei teen haar in jou 'n oorlog word soos die oorlog in jou teen my," sê hy en bly dan stil. Hy weet dat sy voor die laaste twyfel en die laaste besluit alleen moet staan.

In die skemerte skuim die kappies op die branders wit oor die see. 'n Seevoël koers luiweg na 'n nes en agter hulle begin die eerste geluide van die nag uit die duine kruip. Sy druk met haar hande teen haar slape soos een wat pyn verduur. Die pyn in hóm is die pyn van liefde wat te lank onderdruk moes word . . . Toe hy tot teen haar tree, is daar 'n laaste oomblik van baklei in haar liggaam, maar dan kan hy hom nie langer weerhou nie en hy steek sy arms na haar uit en druk haar amper krampagtig teen hom vas en soen haar mond met jare se verlange in syne.

"Moenie meer baklei nie, Talia," sê hy ná 'n rukkie. "Want jy hét my nog lief."

Petronella moet ingesluimer het. Sy skrik van iets soos 'n veraf geklop aan 'n deur. Maar sy kan nie besluit of sy gedroom het of werklik iemand hoor klop het nie. Dan klop dit weer en sy swaai haar bene van die bed af en weet terselfdertyd dat dit nie Talia sal wees nie. Talia sal nie klop nie, die deur is nie gesluit nie. In die halfdonker struikel sy oor 'n stoel en soek half verward na die skakelaar teen die sitkamerdeur. Eers toe die lig aan is, besef sy dat sy 'n fout gemaak het: sy wil nie mense sien nie! Sy moes net so doodstil bly lê het en gewag het dat die een weggaan. Sy wil met niemand praat nie. Maar dan is die klop aan die deur meer dringend en sy stap met trae voete deur toe.

"Naand, Petronella."

Dis Freda Raubenheimer en agter haar staan Zerk. Petronella voel haar kop duisel van die skok. Alleen slegte tyding kan hierdie vrou vanaand voor haar deur bring – en sy wil dit nie hoor nie, sy wil haar hande oor haar ore sit sodat sy dit nie hoef te weet nie.

Freda staan soos een wat te swak is om te roer.

"Wat is dit?" vra Petronella beangs.

"Mag ek binnekom, Petronella?"

"Ja." Sy wag totdat hulle in die sitkamer staan voordat sy weer vra: "Wat ís dit? Wat kom julle vir my sê?"

Freda sluk soos een wat wil huil en nié wil huil nie. "Ek kom vir jou sê hoe jammer ek is oor wat ek aan jou gedoen het. En aan Talia gedoen het."

"Weet jy dat my kind weg is?" kreun Petronella.

"Ja. Maar sy sal terugkom, Petronella. Sy móét terugkom. Dennis het haar gaan haal," sê Freda en sak op die stoel agter haar neer.

"Het Dennis haar gaan haal?" Die hoop kom in Petronella op.

"Ja. Hy is vyfuur weg."

Petronella se oë skiet na die muurhorlosie en die twyfel kom weer in haar. "Dan het hy haar seker maar nie gekry nie . . . Dis amper agtuur."

"Hy móét haar kry," sê Freda. Dit voel vir haar vreemd om ná soveel jare terug te wees in Petronella se huis. Alles is nog dieselfde, dieselfde netjiese eenvoud en warmte . . . "Zerk sê jy het bedank."

"Ja. Die stoel is nou julle s'n. Ek hoop jy is nou tevrede, Freda."

"Nee, Petronella, hoe vreemd dit vanaand vir jou mag klink, ek is nie. Ek vra jou nie net om my te vergewe nie, ek vra jou ook om jou bedanking terug te trek. Asseblief."

"Nee. Ek het klaar met die dinge van Kasselspoort. As my kind terugkom, sal ek al my krag en al my aandag aan haar wy."

"Zerk kan nie sonder jou klaarkom nie, Petronella," erken Freda gelate.

"Die antwoord bly nee," sê Petronella.

"Die Van Aardes en die Raubenheimers moet vanaand vrede maak, Petronella!" praat Zerk vir die eerste keer. "Ons moet vrede maak omdat ek nou eers weet hoeveel Kasselspoort se heil van die vrede tussen ons afhang."

"Ek is klaar met Kasselspoort," sê Petronella moeg. "Ek wil

nie meer nie, ek het te veel verloor omdat ek te veel vir hierdie dorp wou doen en omdat ek die mag van die omkrappers begin onderskat het." Sy sien Freda seerkry, maar sy keer nie die woorde wat nog wag nie: "Ek het die afgelope weke selfs begin droom dat ons kinders dalk oor 'n paar jaar by ons sou kon oorneem en dinge na nog groter hoogtes voer omdat hulle verder verwyder staan van die ou kwaad van hierdie geslag. Ons geslag, Zerk, het te lank saamgeloop met té baie haat en kwaad . . . ons het verkalk in al die onthou van al die onregte en al die griewe. Nou weet ek nie eens meer wat van die droom geword het nie, die droom wat ek vir ons kinders gedroom het, want ek het nie eers meer 'n kind nie."

Dit moet die wind gewees het, want hulle het nie die motor hoor kom nie en ook nie die voordeur hoor oopgaan nie; soos drie figure wat in presisie omswaai, skrik hulle toe Talia agter hulle in die middeldeur praat.

"Ma hét 'n kind."

"Talia?" sê Petronella bewoë en staar die kind verslae aan.

"En Ma kan nie nou gaan lê nie," praat Talia met trane wat in haar oë dam. "Ma is die een wat altyd vir my gepreek het en gesê het 'n mens los nie dinge halfpad nie. Ma se werk is nie klaar in hierdie dorp nie, Ma durf nie nou gaan lê nie . . . nie nou dat ek ook vir Ma die nodigste het nie. Ma moet opstaan."

"Talia?"

Uit die donker gang kom Dennis tot agter Talia en sit sy arms om haar en kyk oor haar kop na die drie wat hom aanstaar.

"Julle beter jul asems vinnig terugkry," verbreek hy die spanning en sy gesig is soos die son wat deurbreek ná 'n lang tyd se onweer. "Ek en Talia wil so gou as moontlik trou."

Deur die warboel van gelukwensings en trane en deurmekaar gepraat lui die telefoon. Dit moet 'n paar maal lui voordat Dennis hom losmaak en gaan antwoord.

"Daar het 'n pyp in die onderdorp gebars," sê hy toe hy omdraai. "En oom Hans sê die werkers is almal in die biduur."

Zerk kyk na Petronella en Petronella kyk na Zerk. Dis of

die ander weet dat hier 'n ander oomblik van beslissing aangebreek het – asof die noodlot op hierdie aand wil klaarspeel met die dinge van die Van Aardes en die Raubenheimers. En hulle wag.

Die beweging kom eerste in Petronella se skouers en dan in haar oë.

"Wat staan jy nog, Zerk! 'n Goeie raadslid is nie bang om sy moue op te rol nie . . . Trek uit jou baadjie dat ons vir Hans loop help."

'n Glimlag breek breed oor Zerk se mond en hy trek sy baadjie uit.

"Wag," keer Dennis, "ek sal vir Pa gaan help, bly tante nou hier."

"Nee. Wag jou beurt af tot jy die dag staan waar ons nou staan." Die ou drif is terug in Petronella. Sy is 'n bietjie moeg, 'n bietjie bleek, maar dáár. "Maak jy en jou ma en Talia solank vir ons iets om te eet, ons sal nat en honger wees wanneer ons terugkom."